趣味数学谜题

[俄] 雅科夫 · 伊西达洛维奇 · 别莱利曼 著

李薇薇 译

四川大學出版社
SICHUAN UNIVERSITY PRESS

图书在版编目（CIP）数据

趣味数学谜题 /（俄罗斯）雅科夫·伊西达洛维奇·别莱利曼著；李薇薇译. — 成都：四川大学出版社，2024.1

ISBN 978-7-5690-5291-6

Ⅰ. ①趣… Ⅱ. ①雅… ②李… Ⅲ. ①数学—普及读物 Ⅳ. ①O1-49

中国版本图书馆 CIP 数据核字（2021）第 277767 号

书　　名：趣味数学谜题
　　　　　Quwei Shuxue Miti
著　　者：〔俄〕雅科夫·伊西达洛维奇·别莱利曼
译　　者：李薇薇

选题策划：王小碧　宋彦博
责任编辑：宋彦博　李畅炜
责任校对：荆　菁
装帧设计：牧田文化
责任印制：王　炜

出版发行：四川大学出版社有限责任公司
　　　　　地址：成都市一环路南一段 24 号（610065）
　　　　　电话：(028) 85408311（发行部）、85400276（总编室）
　　　　　电子邮箱：scupress@vip.163.com
　　　　　网址：https://press.scu.edu.cn
印前制作：北京牧田文化传播有限公司
印刷装订：北京长宁印刷有限公司

成品尺寸：170mm×240mm
印　　张：11.25
字　　数：185 千字

版　　次：2024 年 6 月 第 1 版
印　　次：2024 年 6 月 第 1 次印刷
印　　数：1-10030 册
定　　价：45.00 元

扫码获取数字资源

四川大学出版社
微信公众号

目 录

第 1 章　排列与布局

1. 排成六边形

【题目】不知道你是否玩过一个将 9 匹马安置在 10 个围栏中，且保证每个围栏中都有一匹马的游戏，下面这个问题与上述安置马匹的游戏很像，即：如何将 24 个人排成 6 排，并且保证每一排都有 5 个人？

【解答】按照图 1-1 所示排列这 24 个人就可以了。

图 1-1

2. 划掉 9 个 0

【题目】对于如下排列的 9 个 0，如何只用一笔画出一条折线将其全部划掉，并保证该折线只有 3 次转向？

0 0 0

0 0 0

0 0 0

【解答】答案如图 1-2 所示。

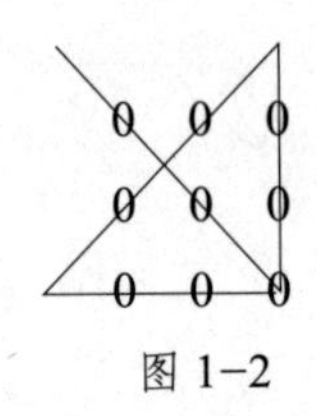

图 1-2

3.24 个 0 的排列

【题目】图 1-3 所示的方格中排列着 36 个 0，要求划掉 12 个 0，并保证横竖各行或列没有被划掉的 0 的数目相同，应该划掉哪些 0 呢？

0	0	0	0	0	0
0	0	0	0	0	0
0	0	0	0	0	0
0	0	0	0	0	0
0	0	0	0	0	0
0	0	0	0	0	0

图 1-3

【解答】从 36 个 0 中划掉 12 个，会剩下 24 个，也就是每一排留 4 个。没有被划掉的 0 可如图 1-4 所示排列（答案不唯一）。

0		0	0	0	
		0	0	0	0
0	0	0			0
0	0		0		0
0	0			0	0
	0	0	0	0	

图 1-4

4. 摆放 2 枚棋子

【题目】将 2 枚不同的棋子摆放在国际象棋棋盘上，一共有多少种不同的摆放方法？

【解答】第一枚棋子可以摆放在棋盘 64 格中的任何一个位置，即有 64 种方法。摆放好第一枚棋子后，第二枚棋子就剩下 63 个可选位置，也就是说，摆放第一枚棋子的任意 64 种方法中的每一种都可以通过第二枚棋子的摆放变换出 63 种摆放方法；由此可以得出摆放两枚棋子的方法总数的计算方法为：$64\times63=4\,032$，即 4 032 种。

5. 苍蝇如何移动

【题目】有 9 只苍蝇停留在窗帘的方格图案上，位置如图 1-5 所示，任意两只苍蝇都不在同一直线或者斜线上。

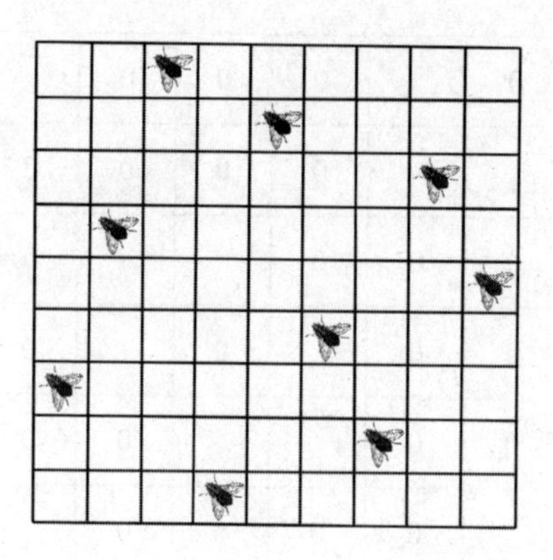

图 1-5

几分钟后，有 3 只苍蝇爬到了其他空着的方格中，剩下的 6 只没有动，还在原来的位置上。巧妙的是，尽管有 3 只苍蝇移动了位置，但是最后 9 只苍蝇所处的位置，仍然是任意 2 只苍蝇都不在同一直线或者斜线上。你知道那 3 只苍蝇是怎么移动的吗？

【解答】如图 1-6 所示，苍蝇按箭头指示方向移动一格即可。

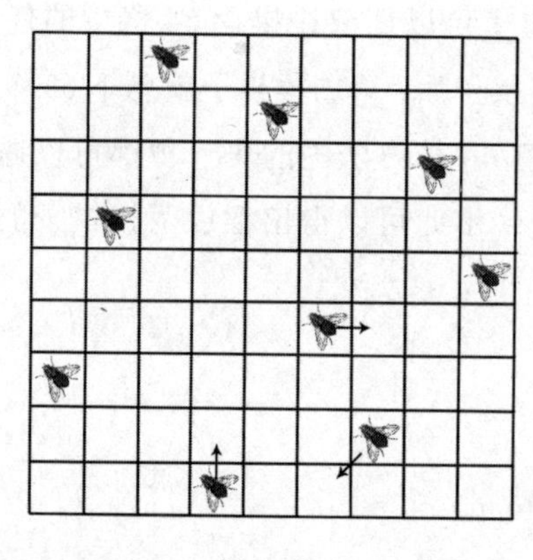

图 1-6

6. 移动 8 个数字

【题目】如图 1-7 所示，8 个数字排列在 9 个方格中，空出 1 个方格。

将 8 个数字陆续移动到空着的方格中，直到这些数字按照大小顺序排列。如果不限制移动的次数，完成这个题目并不难，但是如果要求移动次数最少，你能算出最少的移动次数是多少吗？

图 1–7

【解答】各个数字的移动顺序是 1、2、6、5、3、1、2、6、5、3、1、2、4、8、7、1、2、4、8、7、4、5、6，所以最少的移动次数为 23 次。

7. 松鼠和兔子换位置

【题目】如图 1-8 所示，某地有分别标有数字 1 ～ 8 的 8 个木桩，木桩 1 和木桩 3 上坐着兔子，木桩 6 和木桩 8 上坐着松鼠，但是兔子和松鼠都不喜欢自己的木桩，它们想换位置：兔子想坐在松鼠的木桩上，松鼠想坐在兔子的木桩上。

图 1–8

它们可以从一个木桩跳到另一个木桩上，但需要遵守下面的规则：

（1）只能按照图中连线的方向跳，每一只小动物都可以连续跳几次。

（2）两只小动物不能同时坐在一个木桩上，只能分别跳到空木桩上。

（3）要用最少的跳跃次数达到松鼠和兔子换位置的目的。

松鼠和兔子最少要跳多少次才能到达目的呢？

【解答】它们最少跳跃 16 次，方法如下所示（数字指示的是松鼠或兔子起跳或落下的木桩，比如“1 → 5”表示是小动物从木桩 1 跳到木桩 5）。

1 → 5，7 → 1，3 → 7，8 → 4，
8 → 4，6 → 2，1 → 5，2 → 8，
3 → 7，5 → 6，6 → 2，7 → 1，
4 → 3，2 → 8，5 → 6，4 → 3，

8. 移动家具

【题目】图 1-9 是某房子的平面图，房间 1、3、4、5、6 中分别摆放着办公桌、钢琴、床、橱柜和书架，只有房间 2 中没有摆放家具。

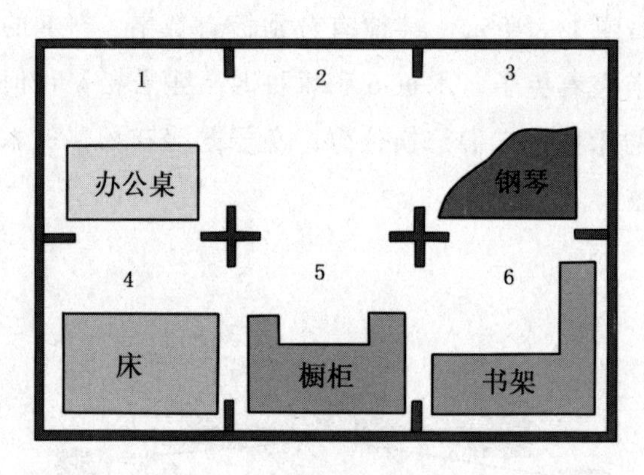

图 1–9

房子的主人想交换钢琴和书架的位置，但是因为各个房间都比较小，两件家具不能同时摆放在一个房间，请问怎么用最少的移动次数达到主人的要

求呢（其他家具的摆放位置可以变动）？

【解答】主人最少需要移动 17 次，移动顺序如下所示：

1. 钢琴; 2. 书架; 3. 橱柜; 4. 钢琴; 5. 办公桌; 6. 床; 7. 钢琴; 8. 橱柜; 9. 书架；10. 办公桌；11. 橱柜；12. 钢琴；13. 床；14. 橱柜；15. 办公桌；16. 书架；17. 钢琴。

9.3 条路

【题目】如图 1-10 所示，彼得、巴维尔、雅科夫三兄弟在离家不远处各有 1 块地，这 3 块地并排在一起，但是从房子和地的分布情况不难看出，地的位置并不方便他们各自耕种。

图 1-10

每一个人都想要在自己的地上建菜园，而 3 个人去菜园最近的路交叉在一起。三兄弟为了避免争执，决定找到一条能够到达自己菜园又不与他人路线发生交叉的路线。经过长时间的寻找，三兄弟终于找到了各自去菜园的路线，他们现在每天去自己的菜园时再也不会相遇了。

你能找到三兄弟各自的路线吗？（注意：这 3 条路线都不能绕过彼得家的后面。）

【解答】路线如图 1-11 所示，但是为了不在路上遇见彼此，彼得和巴维尔不得不绕路。

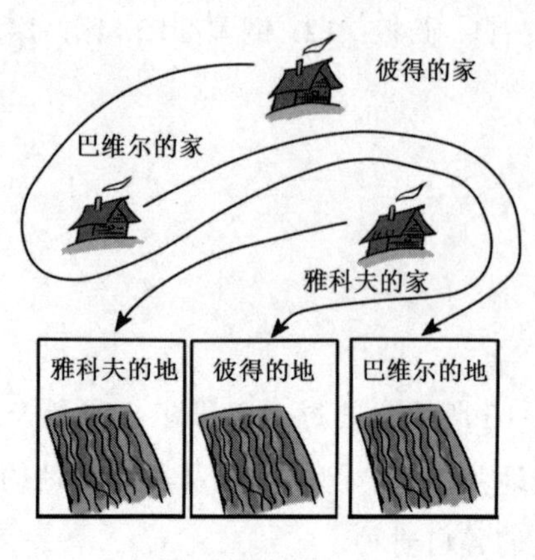

图 1-11

10. 排列城堡

【题目】古代有一位统治者想建造 10 座用城墙连起来的城堡，并要求城墙要连成 5 条直线且每条线上要有 4 座城堡。建筑师提出了如图 1-12 所示的设计方案，可是统治者并不满意。因为他希望有一两座城堡是被围墙包围起来的。建筑师觉得无法同时满足每条线上都有 4 座城堡又让围墙包围一两座城堡的条件，但是统治者非常固执，一定要让建筑师按照自己的要求建造城堡。

幸运的是，建筑师思索了很长时间后终于满足了统治者的要求。那么，你知道建筑师最后是如何建造这 10 座城堡的吗？

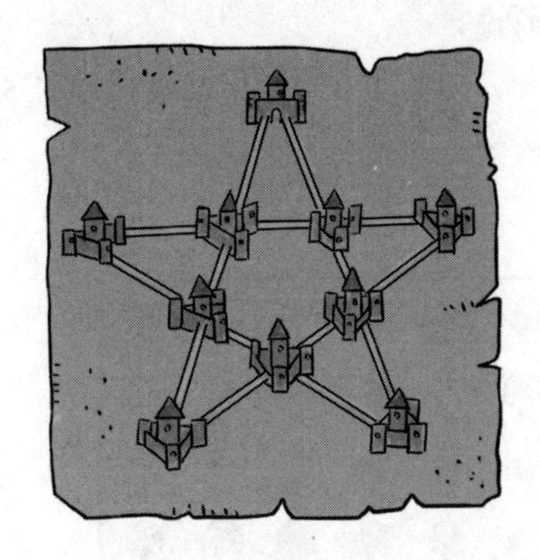

图 1-12

【解答】如图 1-13 所示（黑点代表城堡，线条代表城墙）。

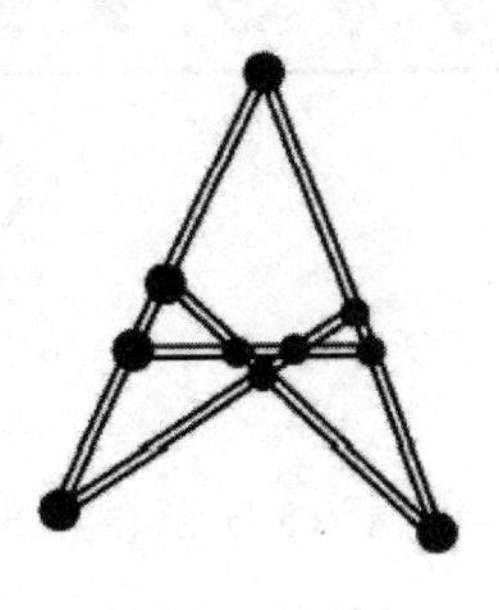

图 1-13

11. 砍果树

【题目】果园中有 49 棵树，分布如图 1-14 所示。园丁想砍掉一些树，改为栽花。他叫来工人，对他们说：“只留下 5 排树，每排 4 棵，剩下的砍掉拿去用吧。”工人砍伐完后，园丁出来一看很生气，果园里被砍掉了 39 棵树，只剩下 10 棵，几乎被砍光了。

“为什么砍掉了这么多树？我不是说过留下 20 棵吗？”园丁朝工人吼道。

“你没有说‘留下 20 棵’啊，只说留下 5 排，每排 4 棵。你看，我就是这么做的。”工人辩驳说。

园丁仔细一看，果然，没被砍掉的 10 棵树构成了 5 排，每排 4 棵。工人是按照他的“指示”砍的，他是怎么做的呢？

图 1–14

【解答】没被砍掉的树如图 1-15 所示，共 5 排，每排 4 棵。

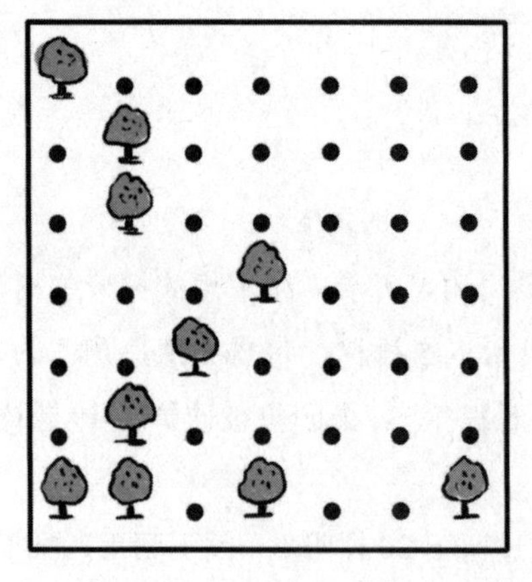
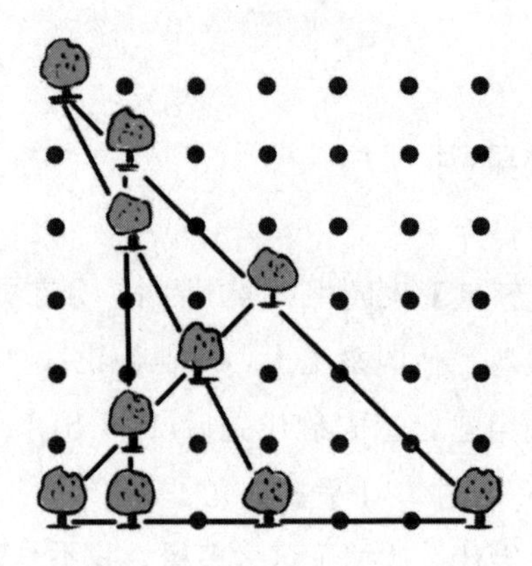

图 1–15

12. 猫与老鼠

【题目】如图 1-16 所示，13 只老鼠围着一只猫，猫打算按照一定顺序吃掉它们，每一次都按照顺时针方向数数，数到 13 就吃掉当前这一只，然后重复上一过程，直到剩下最后一只。猫要从哪只老鼠开始吃才能保证剩下的那一只是小白鼠？

图 1-16

【解答】先找到小白鼠，然后从小白鼠的下一只开始数，按顺时针方向数到 5，吃掉当前这一只即可。

第 2 章 巧妙拼切

1. 三直线切割法

【题目】画 3 条直线将图 2-1 切割成 7 个部分，使每一部分都有一只动物。

图 2-1

【解答】切割方法如图 2-2 所示。

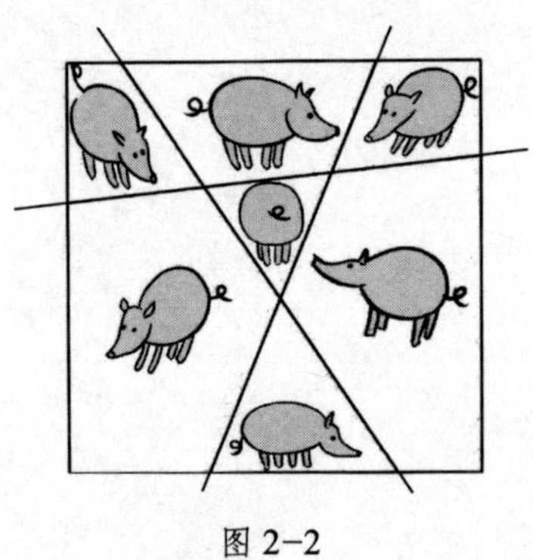

图 2-2

2. 切割表盘

【题目】用任意数量、不闭合的曲线将图 2-3 的表盘切割成 6 个部分，并使每一部分的数字的总和相等。

图 2-3

【解答】表盘上数字的总和是 78，分割成 6 个部分，每一部分数字的和应该是 13。切割方法如图 2-4 所示。

图 2-4

趣味小知识：

表盘上的 12 个小时刻度将一个 360 度的圆分成了 12 等份，每等份为 30 度。

3. 切割弯月

【题目】如何用两条直线将图 2-5 中的弯月切割成 6 个部分？

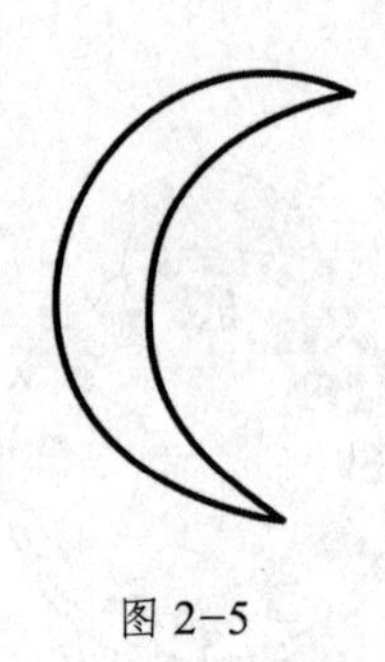

图 2-5

【解答】切割方法如图 2-6 所示。

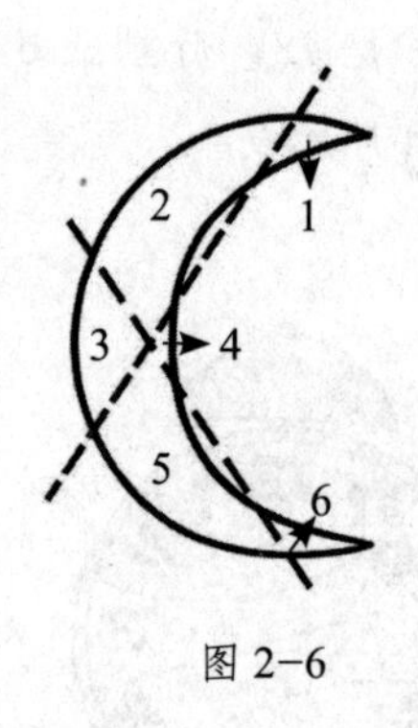

图 2-6

4. 拼切大逗号

【题目】图 2-7 中有一个大“逗号”，直线 AB 将其分割为左右两部分，直线 AB 的右边有一个半圆，线段 AC 的左边和线段 BC 的右边分别有个半圆。那么怎么用一条曲线将逗号分割成完全一样的两部分？怎么用两个逗号组成一个圆呢？

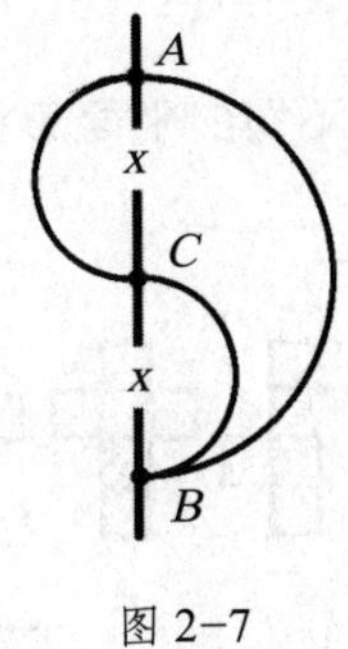

图 2-7

【解答】如图 2-8 所示，曲线 AB 可以将“逗号”分割成完全一样的两部分，图 2-9 是用 2 个逗号拼成的圆。

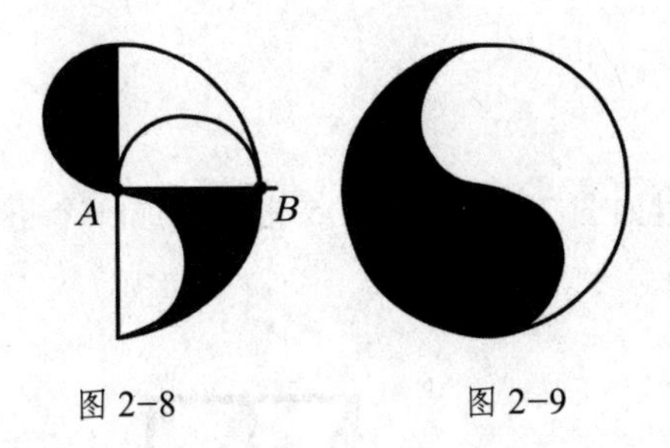

图 2-8　　　　图 2-9

5. 剪开立方体

【题目】用纸板做一个正方体，沿着正方体的边剪开可使其变为由 6 个正方形拼成的平面形状，如图 2-10 所示。剪开立方体，能得到多少种不同的平面形状？

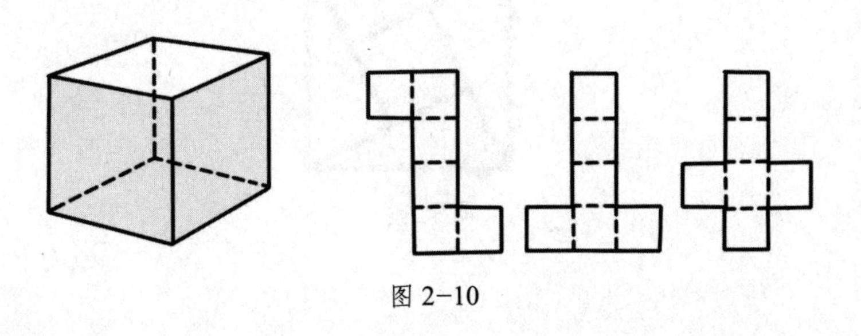

图 2-10

【解答】总共能得到 10 种不同的平面形状，如图 2-11 所示。

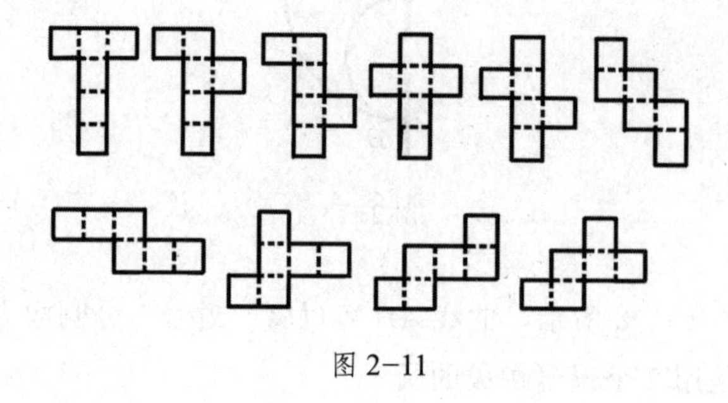

图 2-11

6. 拼正方形

【题目】如何用如图 2-12 所示的 5 张纸拼成一个正方形呢？

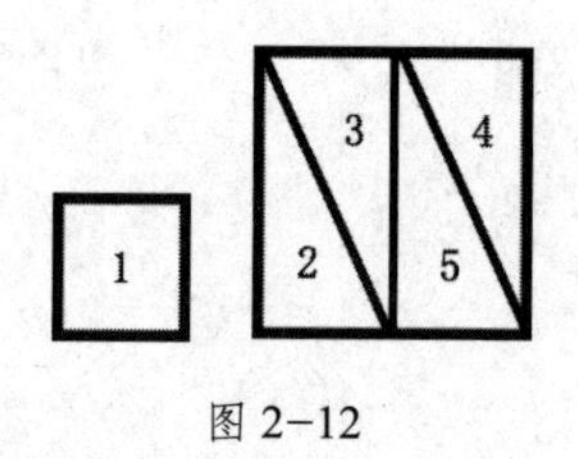

图 2-12

【解答】方法如图 2-13 所示。

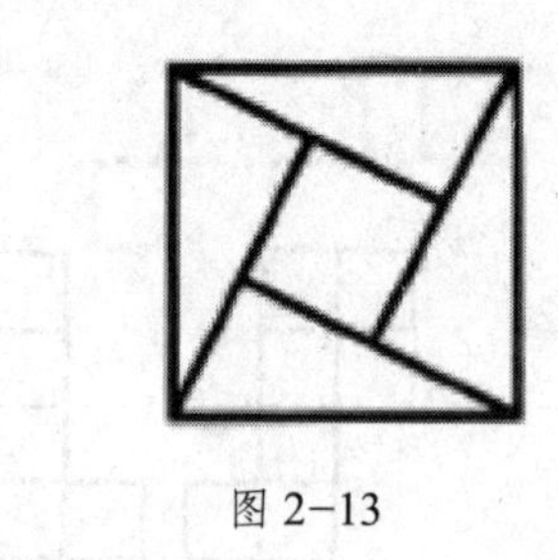

图 2-13

7. 用5个直角三角形拼正方形

【题目】图2-14中有5个形状一样的直角三角形，较长的直角边是较短的直角边的2倍。现要求用这5个三角形组成一个正方形，且只允许将其中一个三角形剪成两部分，你知道要怎么裁剪、拼接吗？

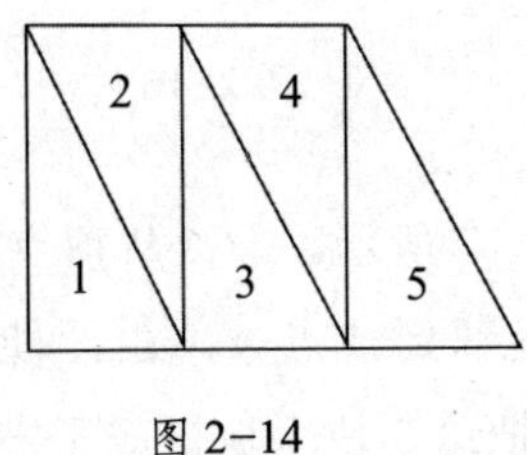

图2-14

【解答】答案如图2-15所示，其中一个三角形被剪成a和b两部分。

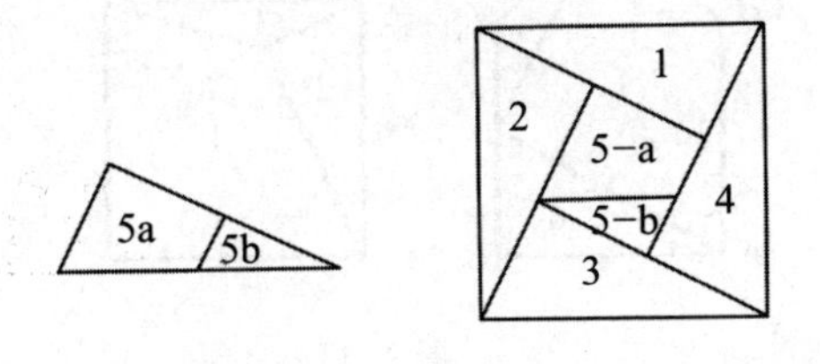

图2-15

8. 用五边形拼正方形

【题目】木匠有一块五边形的木板，如图2-16所示。这块木板的上面为三角形，下面为正方形，木匠想不添加也不减少材料，就把这块木板变成正方形。木匠想了想，锯了两次木板，且每次都是沿着直线锯的，最后将其拼成了正方形。你知道木匠是怎么锯的吗？

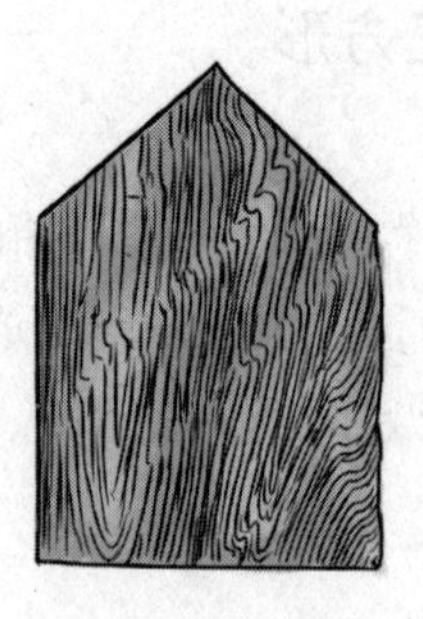

图 2-16

【解答】方法如图 2-17 所示。一次从顶点 C 开始锯，直到 DE 边中点，一次从 DE 边中点锯，直到到顶点 A，由此能得到木板 1、2、3，再按照如图 2-17 所示方法就能把这 3 块木板拼成正方形。

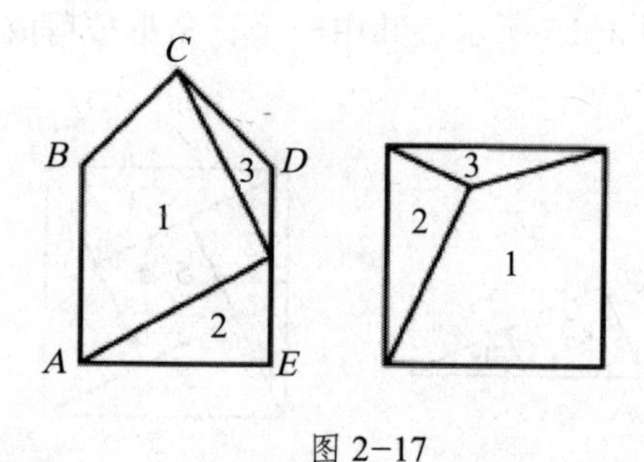

图 2-17

9. 木匠检验正方形

【题目】有三位木匠遇到一个检验木板是否为正方形的难题。第一位木匠想出了一个办法，即分别测量四条边的长度，如果一样，就说明锯出的木板是正方形。木匠的这个方法可靠吗？

【解答】不可靠。如果只用这个方法检测，不足以证明锯出的木板就一定是正方形。如图 2-18 所示的菱形，四边都相等，但是四个角都不是直角，不是正方形。

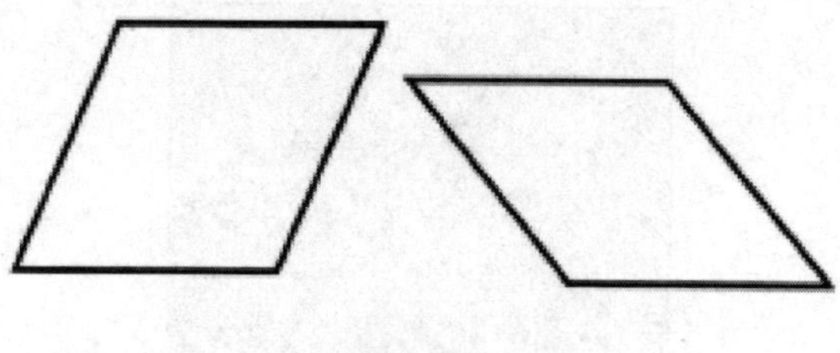

图 2-18

【题目】第二位木匠又想了个方法，他不量边长，而量对角线，他认为，如果两条对角线一样长，就说明锯出的木板是正方形。那么，第二位木匠的方法可靠吗？

【解答】同样不可靠。虽然正方形的对角线一样长，但是对角线一样长的四边形不一定就是正方形，如图 2-19 所示。其实，两位木匠的方法都有可取之处，如果两种检验方法都能通过，那么就可以确定锯出的木板是正方形了，因为对角线相等的菱形就是正方形。

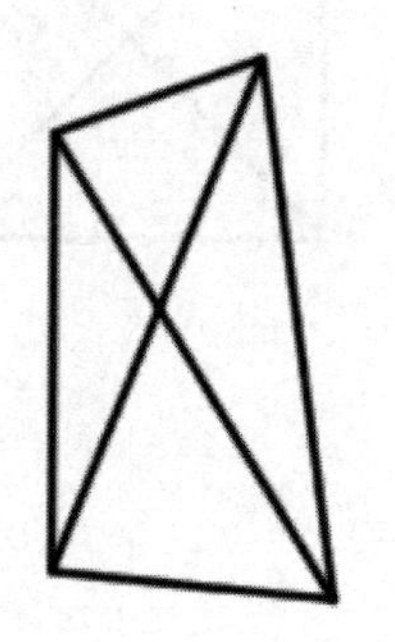

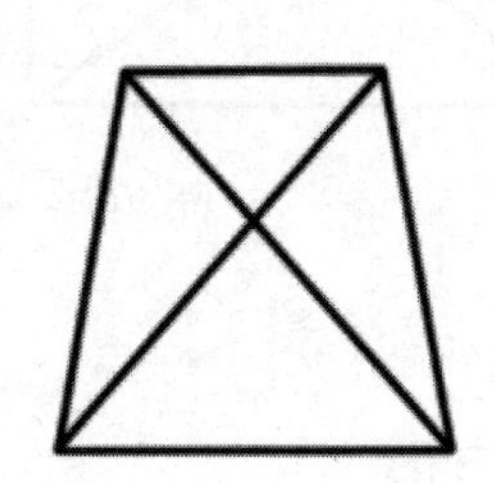

图 2-19

【题目】第三位木匠在检验的时候发现了一个有趣的现象，正方形被两条对角线分割出的四部分的面积是一样的，如图 2-20 所示，他认为这是可以证明锯出的四边形是正方形的方法。你觉得呢？

图 2-20

【解答】这种方法也是不可靠的。这只能检验出四边形的角都是直角，并不能证明四边形是四边等长的正方形，如图 2-21 所示。

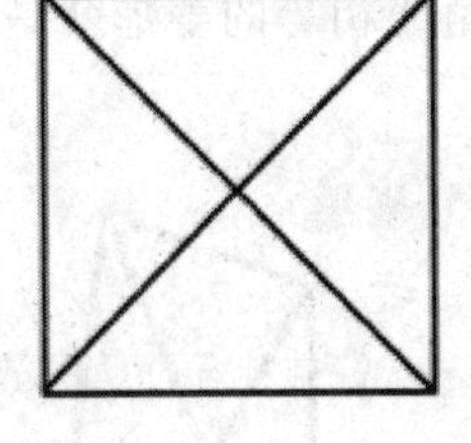

图 2-21

10. 裁缝检验正方形

【题目】有两位裁缝遇到一个检验布料是否为正方形的问题。第一位裁缝将布料沿对角线对折，通过看两部分是否完全重合，来检验布料是不是正方形。他认为，能重合的就是正方形，反之则不然。这样的检验可靠吗？

【解答】这个方法只能证明图形是对称的，并不能确定图形就是正方形。如图 2-22 所示的几个图形都能通过检验，但它们都不是正方形。

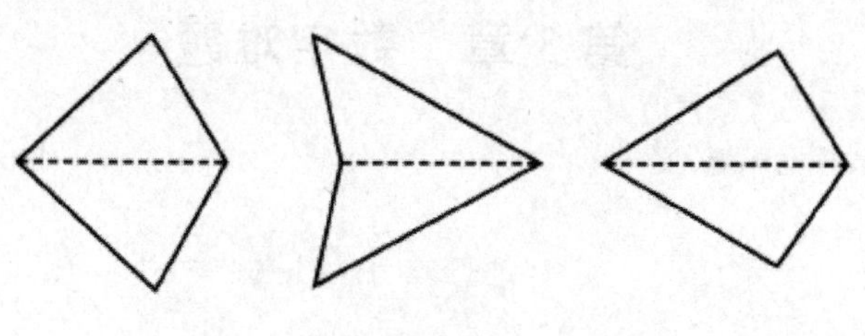

图 2-22

【题目】第二位裁缝不认同第一位裁缝的检验方法。她觉得应该先沿着一条对角线对折，然后沿着另外一条对角线对折；如果两次对折后布料仍能重合，那就证明布料是正方形。你觉得第二位裁缝的检验方法可靠吗？

【解答】第二位裁缝的检验方法同样不可靠。我们可以裁剪出很多满足她检验方法的四边形，但它们不一定就是正方形，如图 2-23 中的菱形。要想确定裁剪出的布是不是正方形，除了按照第二位裁缝的方法检验外，还要量一下对角线是否等长或四个角是否相等。

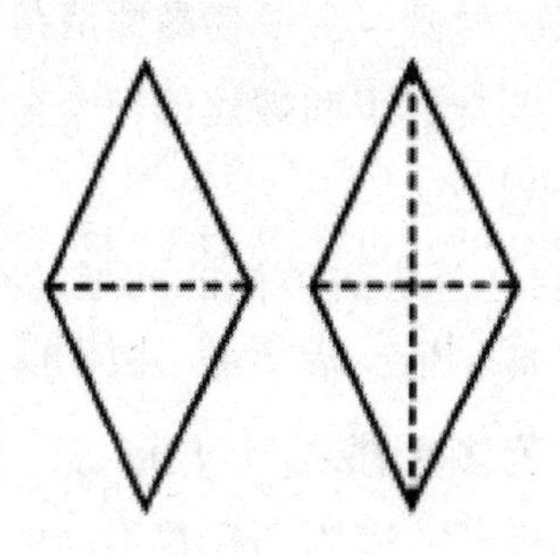

图 2-23

趣味小知识：

正方形判定定理：①对角线相等的菱形是正方形。②有一个角为直角的菱形是正方形。③对角线互相垂直的矩形是正方形。④一组邻边相等的矩形是正方形。⑤一组邻边相等且有一个角是直角的平行四边形是正方形。⑥对角线互相垂直且相等的平行四边形是正方形。⑦对角线相等且互相垂直平分的四边形是正方形。⑧一组邻边相等且有三个角是直角的四边形是正方形。⑨既是菱形又是矩形的四边形是正方形。

第 3 章　数字难题

1. 你会数数吗?

这个问题恐怕连小孩子都会嗤之以鼻。数数没什么了不起的，谁都能依次数出 1、2、3……但我还是认为，你不是总能把数数这个简单问题解决好的。

一个盒子里只有钉子的时候，会很容易数清楚钉子的数量，但是如果盒子里既有钉子又有螺丝，要把钉子和螺丝的数量分别数清楚，你会怎么数？先分开钉子和螺丝，再分别数吗？

人们在洗衣服的时候也会遇到类似的问题，有人会先将衣服分类分开放——衬衫放一堆，裙子放一堆，裤子放一堆——直到把所有的衣服都分堆放好，才开始数每堆衣服有多少件。

以上就是不会数数的例子，因为那样数不同的东西很不方便，有的时候那种方法根本行不通。如果只数钉子或衣服，还能分类数，但是如果你是一名林业学家，必须要数清楚同一公顷土地上长了多少棵松树、多少棵冷杉、多少棵白桦、多少棵白杨，你要怎么数？难道要按照树木的种类分好组，先数清楚有多少棵松树，然后数有多少棵冷杉，再数有多少棵白桦，最后数有多少棵白杨吗？按照这种方法数清楚所有树的数量，至少要在这块地上走 4 遍。

难道就没有走一遍就能数清楚所有树的数量的简便方法吗？当然有这样的方法，林业工作者很久之前就在使用这种方法。下面以钉子和螺丝为例，给大家讲一下这种方法。

为了不分组就能一次性数清楚盒子里的钉子和螺丝的数量，需要在纸上先画一个如表 3-1 所示的表格，然后开始数数。

表 3-1　钉子、螺丝计数

项目	数目
钉子	
螺丝	

先随便从盒子里拿出一颗，如果是钉子，就在表 3-1 中“钉子”那一行的空格画一个小横杠，如果是螺丝，就在“螺丝”那一行的空格画一个小横杠；再从盒子里随便拿出第二颗，仍然按照上面的方法计数；再拿出第三颗……依此计数，直到盒子里的东西全部被拿完，最后数一下表格中“钉子”和“螺丝”对应处各画了多少个小横杠，就知道盒子里原来分别有多少颗钉子和螺丝。

还有一种更简单的方法，能让你一目了然地知道小横杠的数量。画横杠的时候注意将五个小横杠拼成一个小方块，如图 3-1 所示，数目较多时，便将小方块成对排列，如图 3-2 所示。

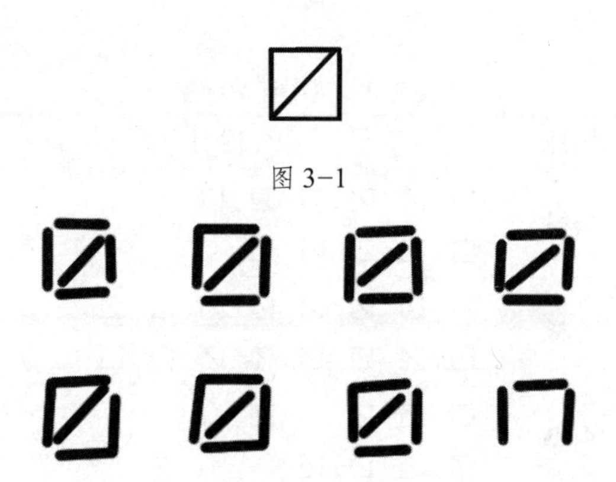

图 3-1

图 3-2

按照这种方法排列后，基本上一眼就能看出小横杠的数量：一个小方块是 5 个小横杠，一列就是 10 个小横杠，三列再加上不完整的一列（8 个小横杠），一共就是 38 个小横杠。

在计算同一片树林中不同种类的树的数量的时候，就可用到这种计数法，如表 3-2 所示。

表 3-2　树木计数

树种	数目
松树	
冷杉	
白桦	
白杨	

如果是更多数量的计数，还可以画代表“10”的小方块，如图 3-3 所示。

图 3-3

数完以后，记录结果如表 3-3 所示。

表 3-3　树木计数结果

树种	数目
松树	⧄ ⧄ ⧄ ⧄ ⧄ ⊓ ⧄ ⧄ ⧄ ⧄ ⧄
冷杉	⧄ ⧄ ⧄ ⧄ ⧄ ⧄ ⧄ ⧄ ⧄ ⧄ ⧄ ⧄ ⧄ ⧄ ⧄ □
白桦	⧄ ⧄ ⧄ ⧄ ⧄ ⧄ ⧄ ⧄ ⧄ |
白杨	⧄ ⧄ ⧄ ⧄ ⧄ ⧄ ⧄ ┌

此时对小方块的数量做一个总计数就非常简单了：

松树……………………………………53

冷杉……………………………………79

白桦……………………………………46

白杨……………………………………37

这种方法也常用在医生使用显微镜观察血样，记录其中有多少个红细胞和白细胞的时候。

如果让你数一数一块草地上几种植物的数量分别是多少，现在你应该知道用哪种方法能最快地数出来了。先在纸上列出一个记有所有植物的表格，然后拿着这个表格一边数一边画计数小方块，得到一个像表3-3那样的统计表，最后统计数量就可以了。

2. 数一数森林里的树

对于居住在城市的人们来说，他们很难理解为什么要在森林里数树的数量，托尔斯泰的小说《安娜·卡列尼娜》中那位通晓农业的列文，就问过对农业一窍不通而又打算卖掉林地的亲戚这个问题：

“你数了有多少棵树吗？”

“那要怎么数啊？”对方吃惊地说，“就像谁也数不清楚地球上有多少粒沙子，天上有多少颗星星……”

“嗯，确实如你所说。但是买树的商人亚比宁就有这个本事，没有一个买树的商人会数不清买的树木。”

为了计算林地里有多少立方米的木材，需要数清楚林地里的树木。但并不是把林地里所有的树都数一遍，而是数某一特定范围内的树，比如在一片林地里找一块半公顷或者四分之一公顷的林地调查树木情况，要求这片林地的疏密程度、树木种类、粗细、高矮要在整片林地里处于一个平均水平。一般需要有丰富经验的人才能选出这样一块林地。在清点树木数量时，只计算每个品种树木的棵数是不够的，还要了解树干粗细达到不同水平的树木分别有多少棵，比如要数出树干粗 25 厘米的树有多少棵，树干粗 30 厘米的有多少棵，树干粗35厘米的有多少棵等。这比此前叙述的计数方法要复杂得多。所以，你想象一下，如果你没有学会前面教授的方法，而是按照普通的方法去数，不知道要在林地里来来回回走多少遍呢。

综上所述，觉得数数是一件简单的事儿，那说明你只遇到同一种东西的数目计算。如果你要数的是很多种不同的东西，毋庸置疑，使用前面教授的方法才是最简单、最有效的。

趣味小知识：

《安娜·卡列尼娜》把 19 世纪批判现实主义文学推向了最高峰，书中的女主人公安娜·卡列尼娜则成为世界文学史上优美丰满的女性形象之一。许多人正是通过它了解到俄国 19 世纪 70 年代的社会现实，伟大作家陀思妥耶夫斯基曾兴奋地评论道：“这是一部尽善尽美的艺术杰作，现代欧洲文学中没有一部同类的作品可以和它相比！”

3. 用 7 个数字求 55

【题目】对于 1 ～ 7 这 7 个数字，在允许任意组合形成新数的情况下（如将 1 和 2 组合成 12），使用加减号将它们连接起来，使最后结果等于 40，那么算式为：12+34−5+6−7=40。现重新将这 7 个数字用加减号连接起来，但是要求结果等于 55，要怎么做呢？

【解答】这样的连接法不止一种，而是有下面 3 种：

$$123+4-5-67=55$$

$$1-2-3-4+56+7=55$$

$$12-3+45-6+7=55$$

4. 用 9 个数字求 100

【题目】依次写出 1 ～ 9 这 9 个数字。你能在不改变数字顺序的前提下，只是在它们之间填上加减号，让最后结果等于 100 吗？

【解答】这个并不难，用 6 个加减符号就可以得到 100：

$$12+3-4+5+67+8+9=100$$

在这 9 个数字之间加上 4 个加减符号也能得到 100：

$$123+4-5+67-89=100$$

【题目】那么，你能试着用 3 个加减符号让最后结果也等于 100 吗？这个看起来比较难，但通过耐心思考还是可以做到的。

【解答】9 个数字通过 3 次加减得到 100 的方法是唯一的，即：

$$123-45-67+89=100$$

如果只用加法，且运算少于 3 次，则不可能得到这个结果。

5. 用 10 个数字求 100

【题目】你可以想出多少种用 0 ～ 9 这 10 个数字得到 100 的方法（可以不用完所有数字，但每个数字仅能用一次）？请你至少想出 4 种。

【解答】4 种解答方法如下：

$$1+70+24+5=100$$

$$1+80+19=100$$

$$1+87+9+3=100$$

$$1+50+49=100$$

6. 用 10 个数字求 1

【题目】如何用 0 ～ 9 这 10 个数字得到 1 ？

【解答】方法不唯一，可通过加减得到1，如：

$$0+1-2+3+4-5+6-7-8+9=1$$

还可用2个分数来表示1，如：

$$\frac{148}{296}+\frac{35}{70}=1$$

熟悉代数的人还有其他的答案：因为任何数的零次方都等于1，所以还可以通过算式“$123\,456\,789^{0}$”和“$234\,567^{9-8-1}$”等得到1。

7.4个2

【题目】用4个2得到数字111，这要怎么办到？

【解答】方法如下：

$$\frac{222}{2}=111$$

8.5个2

【题目】想办法用5个2和所有的数学符号得到这些数字：11、15、28、12 321。

【解答】得到数字11的方法如下：

$$\frac{22}{2}+2-2=11$$

得到数字15的方法如下：

$$(2+2)^{2}-\frac{2}{2}=15$$

$$(2\times 2)^{2}-\frac{2}{2}=15$$

$$2^{(2+2)}-\frac{2}{2}=15$$

$$\frac{22}{2}+2\times 2=15$$

$$\frac{22}{2}+2^{2}=15$$

$$\frac{22}{2}+2+2=15$$

得到数字 28 的方法如下：

$$22+2+2+2=28$$

在看到 12 321 的时候，你可能会觉得，用 5 个相同的数字是没办法得到这样的一个五位数的，但实际上这也是有解的。得到数字 12 321 的方法如下：

$$(\frac{222}{2})^2=111^2=111\times111=12\,321$$

9.5 个 3

【题目】用 5 个 3 和任意数学符号得到 100，你应该知道可使用如下方法：

$$33\times3+\frac{3}{3}=100$$

那么你能用 5 个 3 得到数字 10 和 37 吗？

【解答】得到 10 的方法如下：

$$\frac{33}{3}-\frac{3}{3}=10$$

如果要求不是用 5 个 3，而是用 5 个 1、5 个 2、5 个 4、5 个 9 等，那也可以用这个方法得到 10：

$$\frac{11}{1}-\frac{1}{1}=\frac{22}{2}-\frac{2}{2}=\frac{44}{4}-\frac{4}{4}=\frac{99}{9}-\frac{9}{9}=10$$

这道题还可以这样解：

$$\frac{3\times3\times3+3}{3}=10$$

$$\frac{3^3}{3}+\frac{3}{3}=10$$

得到 37 的方法如下：

$$33+3+\frac{3}{3}=37$$

$$\frac{333}{3\times3}=37$$

10.4 种方法求 100

【题目】想出 4 种不同的方法，用任意数学符号连接 5 个相同的数字使其得到 100。

【解答】用 5 个 1 和 5 个 3 都能得到数字 100，用 5 个 5 就更简单了，答案如下：

$$111-11=100$$

$$33\times 3+\frac{3}{3}=100$$

$$5\times 5\times 5-5\times 5=100$$

$$(5+5+5+5)\times 5=100$$

11.4 个 3

【题目】用 4 个 3 很容易就能得到数字 12，即：

$$3+3+3+3=12$$

用 4 个 3 得到数字 15 和 18 稍微有点难度，但是也能办到：

$$(3+3)+(3\times 3)=15$$

$$(3\times 3)+(3\times 3)=18$$

如果是用 4 个 3 让你得到数字 1 ～ 10 呢？这恐怕不是马上能想到的。请你找到如何用 4 个 3 得到 1 ～ 10 这 10 个数字的方法。

【解答】方法如下：

$$1=\frac{33}{33}$$

$$2=\frac{3}{3}+\frac{3}{3}$$

$$3=\frac{3+3+3}{3}$$

$$4=\frac{3\times 3+3}{3}$$

$$5=\frac{3+3}{3}+3$$

$$6=\frac{(3+3)\times 3}{3}$$

我们只给出得到数字 1 ～ 6 的方法，剩下的请你自己想出来吧。当然，已给出的方法并不是唯一的。

12.4 个 4

【题目】如果上面的题你都算出来了，而且对这种类型的难题还很感兴趣，那么再试着用 4 个 4 得到数字 1 ～ 10。这道题并不比上面的题难。

【解答】方法如下：

$$2=\frac{4}{4}+\frac{4}{4}=\frac{4\times 4}{4+4}$$

$$3=\frac{4+4+4}{4}=\frac{4\times 4-4}{4}$$

$$4=4+4\times(4-4)$$

$$5=\frac{4\times 4+4}{4}$$

$$6=\frac{4+4}{4}+4$$

同上一题一样，我们仅给出了得到数字 1 ～ 6 的方法，剩下的就交给你了。当然，已给出的方法也不是唯一的。

13.4 个 5

【题目】用数学符号把 4 个 5 连接起来得到 16，怎么才能办到呢？

【解答】只有一种解法：

$$\frac{55}{5}+5=16$$

14.5 个 9

【题目】至少找到两种方法，用数学符号连接 5 个 9，使其得到数字 10。

【解答】方法一：

$$9+\frac{99}{99}=10$$

方法二：

$$\frac{99}{9}-\frac{9}{9}=10$$

熟悉代数的人还能找到其他方法，如：

$$\left(9+\frac{9}{9}\right)^{\frac{9}{9}}=10$$

$$9+99^{9-9}=10$$

15. 求数字 24

【题目】用 3 个 8 很容易就能得到 24，即 8+8+8。那么，不用 3 个 8 而是用其他 3 个一样的数字，你还能得到 24 吗？题目不只有一个答案。

【解答】有两种方法：

$$22+2=24$$

$$3^3-3=24$$

16. 求数字 30

【题目】用 3 个 5 很容易就得到数字 30，即 5×5+5。用其他三个相同的数字得到 30 就有难度了，但是你可以尝试一下，也许还能找到多种方法。

【解答】我们找到了三种方法：

$$6\times6-6=30$$

$$3^3 + 3 = 30$$

$$33 - 3 = 30$$

17. 求数字 1 000

【题目】你能用 8 个相同的数字和任意的数学符号得到数字 1 000 吗？

【解答】888＋88＋8＋8＋8＝1 000。（答案不唯一。）

18. 求数字 20

【题目】你能从下面列出的三组数字中，删掉 6 个数字，使剩下的数字相加得 20 吗？

1　1　1

7　7　7

9　9　9

【解答】如果用“○”代替被删掉的数字，那么结果如下所示：

○　1　1

○　○　○

○　○　9

显然，11＋9＝20。

19. 镜像数字

【题目】你从镜子里看到的 19 世纪的哪一年的年份数字是实际的 4. 5 倍？

【解答】除了 1、0、8，其他数字的镜像都会变形，所以这一年份数字一定是由这 3 个数字组成的。另外，从题目中可以知道这是 19 世纪的年份，所以前两个数字是 18。

综上所述，可以得出答案是1818年。这个年份数字从镜子里看是8181，正好是1818的4.5倍。这道题只有一个答案。

趣味小知识：
一般情况下，平面镜成像主要反映了光的反射定律，会表现出以下特点：像和物关于平面镜对称；大小相等，但是左右相反；上下不变，左右互换。

20. 倒转数字

【题目】20世纪哪一年的年份数字具有下列特征：将年份数字垂直翻转之后，再倒着读出来，这一数字没有变化。

【解答】符合题目中条件的年份，只有20世纪的1961年。

21. 相乘等于7的整数

【题目】哪两个整数相乘的结果是7？请注意，求的是两个整数，所以像“$3\frac{1}{2}\times 2$”或者“$2\frac{1}{3}\times 3$”这样的答案是错误的。

【解答】答案很简单，只有1和7符合，没有其他答案了。

22. 相加大于相乘的数

【题目】哪两个整数满足其相加的和比它们相乘的积大？

【解答】这样的两个整数不计其数，如：

$$3\times 1 < 3+1$$
$$10\times 1 < 10+1$$

23. 相加等于相乘的数

【题目】哪两个整数相加的和与相乘的积一样大？

【解答】这样的两个整数有 2 和 2，0 和 0。

24. 和等于积的数

【题目】哪 3 个整数相加的和等于它们相乘的积？

【解答】1、2、3 这三个整数相加的和等于它们相乘的积：

$$1+2+3=1\times2\times3=6$$

注意：该题答案不唯一。

【题目】你是不是已经开始注意到下列等式中一些有趣的特点了：

$$2+2=2\times2=4$$

$$0+0=0\times0=0$$

这是两个相同的整数相加的和与相乘的积相等的例子。

其实还存在这样的情况，即使两个数不相同，它们的和与积也相等。请你找出这样的两个数。

为了让你相信这不是浪费时间，我可以告诉你这样的数有很多，但是它们不一定是两个整数。

【解答】下面举出几个这样成对数字的例子：

$$3+1\frac{1}{2}=3\times1\frac{1}{2}=4\frac{1}{2}$$

$$5+1\frac{1}{4}=5\times1\frac{1}{4}=6\frac{1}{4}$$

$$9+1\frac{1}{8}=9\times1\frac{1}{8}=10\frac{1}{8}$$

$$11+1\frac{1}{10}=11\times1\frac{1}{10}=12\frac{1}{10}$$

$$21+1\frac{1}{20}=21\times1\frac{1}{20}=22\frac{1}{20}$$

$$101+1\frac{1}{100}=101\times1\frac{1}{100}=102\frac{1}{100}$$

25. 商等于积的数

【题目】哪两个整数满足较大整数除以较小整数的商等于它们的积？

【解答】这样的两个整数有很多，下面举几个例子：

$$2\div1=2\times1=2$$

$$7\div1=7\times1=7$$

$$43\div1=43\times1=43$$

26. 商等于和的两位数

【题目】一个两位数除以个位和十位相加的和，得到的商等于其个位数字与十位数字的和，你能找出这个两位数吗？

【解答】从题目中可以知道，这个两位数一定可以开完全平方，而能开完全平方的两位数一共有 6 个，通过一一试验就能找到符合题目要求的两位数是 81，计算公式如下：

$$\frac{81}{8+1}=8+1$$

27. 积是和 10 倍的两位数

【题目】数字 12 和 60 有个非常有趣的地方，两个数字的乘积是其和的 10 倍：

$$12\times60=(12+60)\times10$$

你还能找出这样一对有趣的数字吗？幸运的话，你也许能找出好几对这样的数字呢。

【解答】11 和 110，14 和 35，15 和 30，20 和 20。这四对数字满足题目的要求：

$$11\times110=(11+110)\times10$$

$$14\times35=(14+35)\times10$$

$$15\times30=(15+30)\times10$$
$$20\times20=(20+20)\times10$$

这道题没有其他答案了。

如果在众多数字中一个一个地找，无异于大海捞针，会非常困难。但是用代数知识解答这道题就简单多了，利用代数的方法可以找到所有满足条件的数字。

28. 求最小正整数

【题目】可以用两个数字得到的最小正整数是多少？

【解答】不是 1 和 0 组成的 10，而是 1。下面给大家证明一下：

$$\frac{1}{1}=\frac{2}{2}=\frac{3}{3}=\frac{4}{4}=\frac{5}{5}=\frac{6}{6}=\frac{7}{7}=\frac{8}{8}=\frac{9}{9}=1$$

还可以用另外一种方法：

$$1^0=2^0=3^0=4^0=5^0=6^0=7^0=8^0=9^0=1$$

29.4 个 1 写出的最大数

【题目】用 4 个 1 写出的最大数是多少？

【解答】你可能轻易就会给出“1 111”这个答案，但这并不是最大数，最大数要大得多，是 11^{11}。虽然这个数只是由简单的 4 个 1 组成，但是计算出的结果却超过 2 850 亿。

30. 奇特的分数

【题目】仔细观察 $\frac{6\,729}{13\,458}$ 这个数，你会发现在这个数中出现了 1 ～ 9

中的所有数字，而且这个分数等于$\frac{1}{2}$。

那么，你能用 1 ～ 9 所有的数字表示$\frac{1}{3}$、$\frac{1}{4}$、$\frac{1}{5}$、$\frac{1}{6}$、$\frac{1}{7}$、$\frac{1}{8}$、$\frac{1}{9}$这些分数吗？

【解答】这道题有好几个答案，其中$\frac{1}{8}$有超过 40 个的答案。下面仅举其中一种答案：

$$\frac{1}{3}=\frac{5\,823}{17\,469}$$
$$\frac{1}{4}=\frac{5\,796}{23\,184}$$
$$\frac{1}{5}=\frac{2\,697}{13\,485}$$
$$\frac{1}{6}=\frac{2\,943}{17\,658}$$
$$\frac{1}{7}=\frac{2\,394}{16\,758}$$
$$\frac{1}{8}=\frac{3\,187}{25\,496}$$
$$\frac{1}{9}=\frac{6\,381}{57\,429}$$

31. 补全残缺的算式

【题目】一个小学生在黑板上做了一道数学题，做完后就把大部分数字擦掉了，因此只能看到第一排的数字和最后一排中的两个数字，其他的数字只留下残缺不全的痕迹：

```
      235     ①
 ×     **     ②
 ---------
     ****     ③
 +  ****      ④
 ---------
    **56*     ⑤
```

你能把被擦掉的乘数补全吗？

【解答】推理如下：首先，为每行编上序号。数字 6 是由同列算式中两个数相加得到的，而第 ④ 行的末尾数字只能是 0 或者 5。相应地，第 ③ 行的第 3 个数字为 6 或者 1。经验证，不管第 ② 行的第 2 个数字是多少，第

③ 行的第 3 个数字都不可能是 6，所以该数只能为 1，第 ④ 行末尾的数字相应为 5。现在就能补全算式中的一部分数字了。

```
       235      ①
×       **      ②
-----------
      **1*      ③
+    ***5       ④
-----------
     **56*      ⑤
```

第 ② 行最后一个数字应该大于 4，否则第 ③ 行就不会有四位数了。又因为第 ③ 行的第 3 个数字为 1，所以该数字应为 6，由此得到如下算式：

```
       235
×       *6
-----------
      1410
+    ***5
-----------
     **560
```

依此类推，可以得到这个乘数是 96。

32. 奇怪的乘法

【题目】请看下面这个乘法算式：

$$48\times159=7632$$

我们可以从中发现一个有趣的现象：这个乘法算式中使用了 1 ～ 9 这 9 个数字。你还能找出其他类似的例子吗？这样的例子还有多少？

【解答】如果你有足够的耐心，就能找到 9 种符合题目条件的例子。如下：

$$12\times483=5796$$

$$42\times138=5796$$

$$18\times297=5346$$

$$27\times198=5346$$

$$39\times186=7254$$

$$48\times159=7632$$

$$28\times157=4396$$

$$4\times1\,738=6\,952$$

$$4\times1\,963=7\,852$$

33. 被 11 除尽的数

【题目】用 9 个不同的数字组成可以被 11 整除的 9 位数，写出这个 9 位数的最大可能值和最小可能值。

【解答】首先需要知道什么样的数能被 11 整除，如果一个数从左至右数，各偶数位置上的数字之和同各奇数位置上的数字之和的差，等于 0 或者能被 11 整除，那么这个数就能被 11 整除。

以 23 658 904 举例：

各偶数位上的数字之和为：

$$3+5+9+4=21$$

各奇数位上的数字之和为：

$$2+6+8+0=16$$

它们之间的差是：

$$21-16=5$$

这个差既不等于 0，也不能被 11 整除，那么 23 658 904 就不能被 11 整除。

再以 7 344 535 举例：

各偶数位上的数字之和为：

$$3+4+3=10$$

各奇数位上的数字之和为：

$$7+4+5+5=21$$

它们之间的差是：

$$21-10=11$$

这个差能被 11 整除，那么 7 344 535 也能被 11 整除。

用上面的方法就很容易用 9 个数字写出满足题目要求的数字了，如 352 049 786。

用 9 个不同的数字组成能被 11 整除的 9 位数，最大值是 987 652 413，最小值是 102 347 586。

34. 求解数字三角形

【题目】如图 3-4 所示的三角形，把数字 1 ～ 9 填入圆圈内，使每条边上的数字相加得 20。

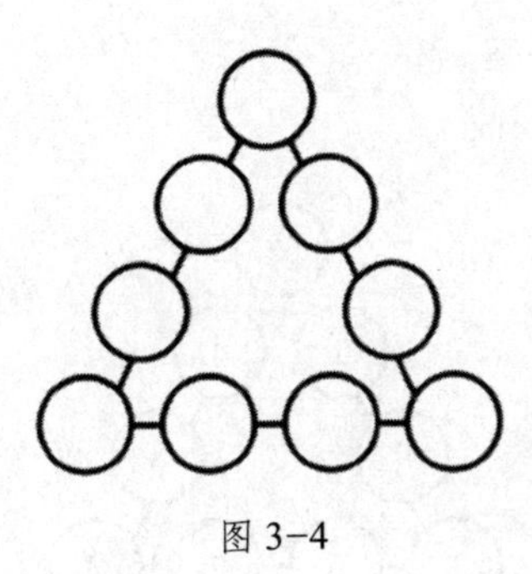

图 3-4

【解答】答案如图 3-5 所示。每条边上中间的两个数字可以互换位置，这样就能得出另外一种答案。

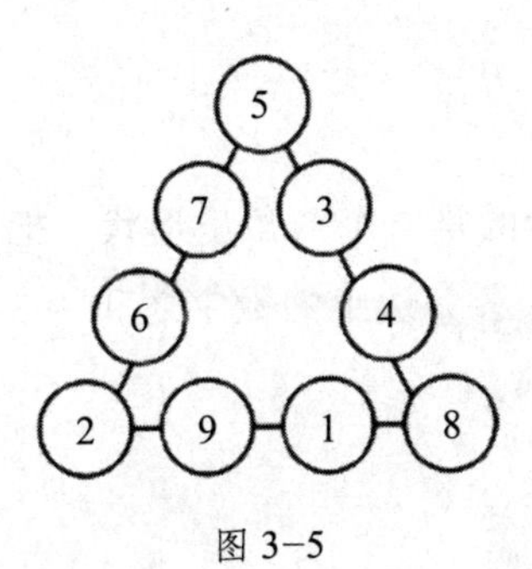

图 3-5

【题目】如图 3-6 所示的三角形，把数字 1 ～ 9 填入圆圈内，使每条边上的数字相加得 17。

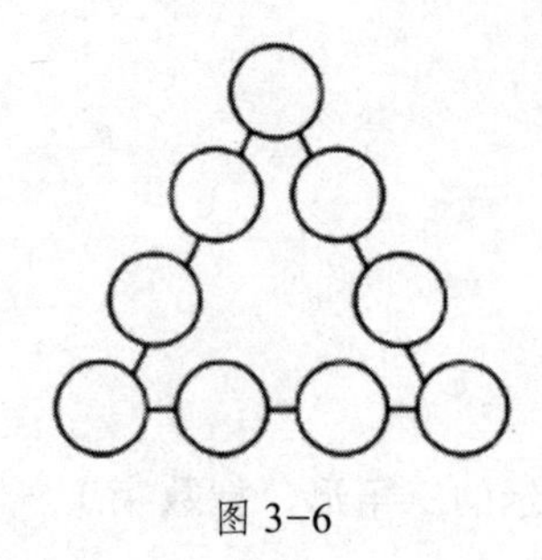

图 3-6

【解答】答案如图 3-7 所示。每条边上中间的两个数字可以互换位置，这样就能得出另外一种答案。

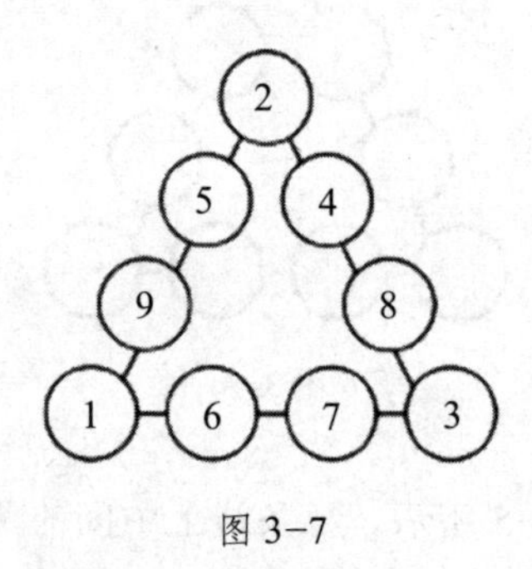

图 3-7

35. 求解数字八角星

【题目】图 3-8 所示的是一个八角星形状，把数字 1 ～ 16 填入各边相交的位置，使每个正方形各条边上的数字之和为 34，同时也要让每个正方形四角上的数字之和为 34。

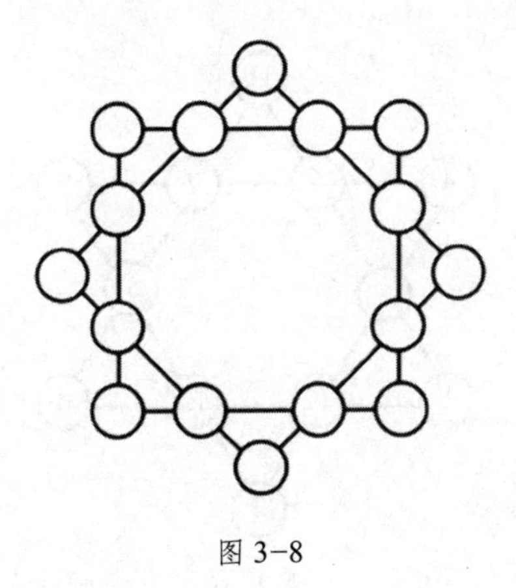

图 3-8

【解答】答案如图 3-9 所示。

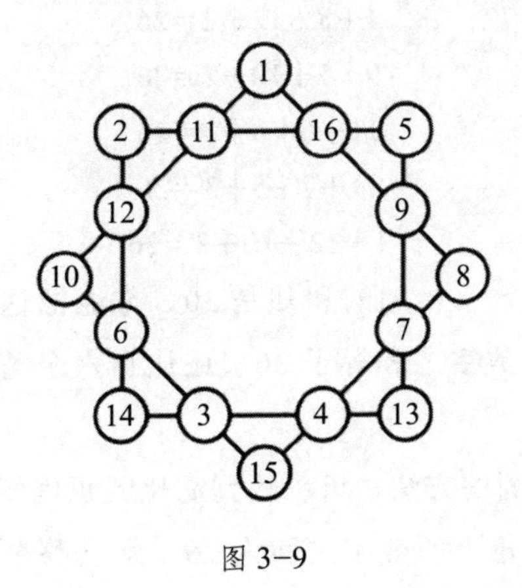

图 3-9

36. 求解数字六角星

【题目】图 3-10 中有一个六角星形状的数组，神奇的是，它六条边上数字的和是相等的：

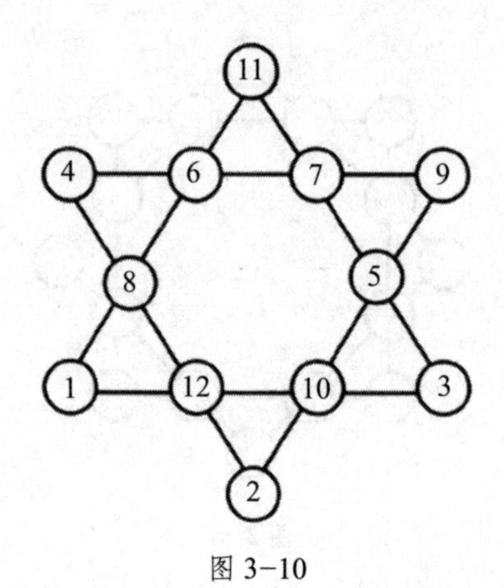

图 3-10

$$4+6+7+9=26$$
$$4+8+12+2=26$$
$$9+5+10+2=26$$
$$11+6+8+1=26$$
$$11+7+5+3=26$$
$$1+12+10+3=26$$

但是六个角上的数字相加的和却是 30。你能把这个六角星调整一下，不仅让它每条边上的数字之和等于 26，还让它六个角上的数字相加也等于 26 吗？

【解答】按照下面的方法，可以找到简化的正确填写数字的方法。

如果六角星所有角上的数字之和为 26，那么整个六角星上的数字的和是 78，由此可知六角星内部的数字之和是 $78-26=52$。

我们先看其中任意的一个大三角，其各边数字的和均为 26，将这三边之和相加可以得到 $26\times3=78$，此时每一个角上的数字都被加了两次。又因为三角形内部的三对数字，即六角星内部的数字之和是 52，所以三个角上的数字的两倍等于 $78-52=26$，由此就得出三个角上的数字之和是 13。

这样一算，范围就缩小了很多，显然，三角形角上的数字既不能是 11 也不能是 12（你知道为什么吗？），所以可以从数字 10 或 1 开始试验，最后按照题目要求排好的数字如图 3-11 所示。

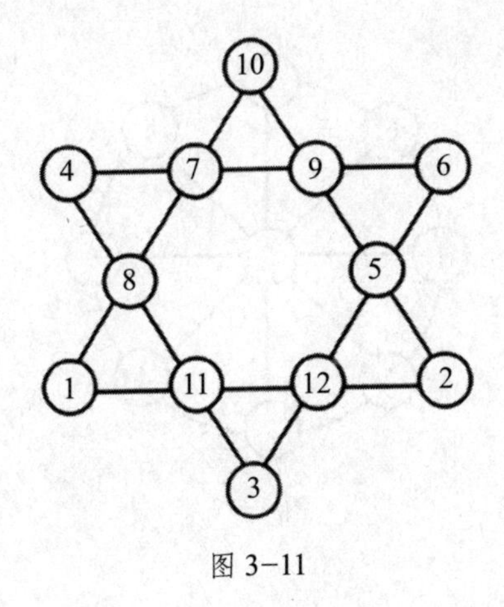

图 3-11

37. 求解数字大圆

【题目】如图 3-12 所示的数字大圆，把数字 1 ～ 9 全部填入小圆圈里，圆心处填一个数字，其余的数字填入数字大圆每条直径的末端，要求让每条直径上的三个数字之和都等于 15。

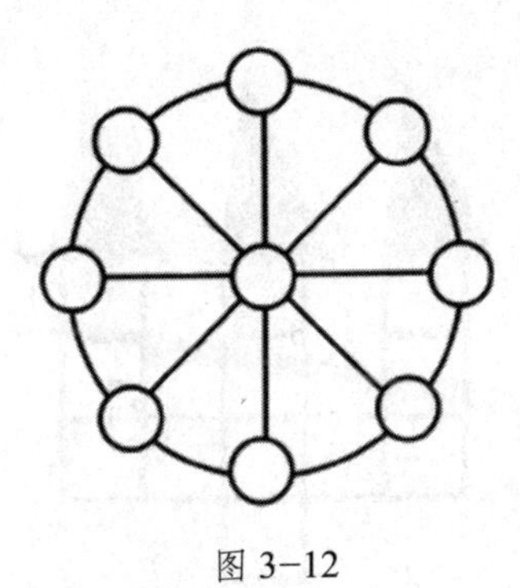

图 3-12

【解答】答案如图 3-13 所示。

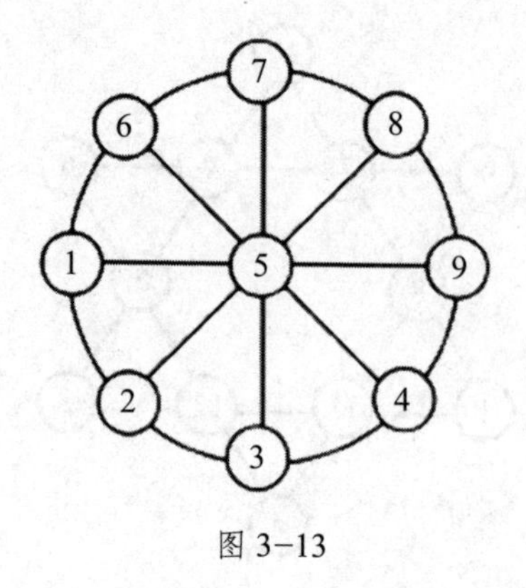

图 3-13

38. 求解三齿叉

【题目】如图 3-14 所示图形是由许多小方块组成的一把三齿叉，把数字 1 ～ 13 分别填入小方块里，使①、②、③每列数字之和与水平数列④中的数字之和相等。试着填一下吧。

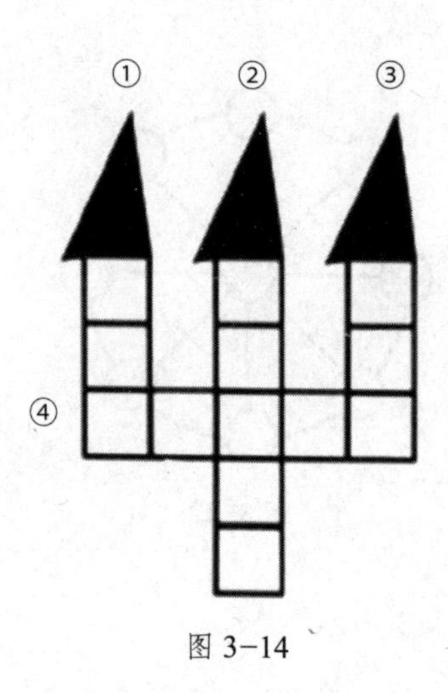

图 3-14

【解答】答案如图 3-15 所示，无论是垂直数列还是水平数列，其和都等于 25。

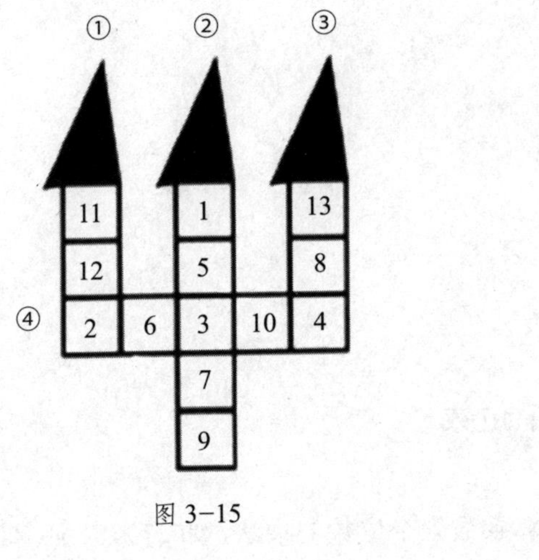

图 3-15

第 4 章　简易心算

1. 乘数为个位数

（1）心算乘数为个位数的乘法，如 27×8，心算时不要按照笔算的方式，从被乘数的个位数开始计算，而是从十位数开始计算，即先计算“20×8”，然后再计算“7×8”，最后将两个结果相加：

$$160+56=216$$

再看两个例子：

$$34\times7=30\times7+4\times7=210+28=238$$

$$47\times6=40\times6+7\times6=240+42=282$$

（2）牢记表 4-1，它会让你在心算时更加高效。

表 4-1　11 ~ 19 的个位数乘法表

乘数	2	3	4	5	6	7	8	9
11	22	33	44	55	66	77	88	99
12	24	36	48	60	72	84	96	108
13	26	39	52	65	78	91	104	117
14	28	42	56	70	84	98	112	126
15	30	45	60	75	90	105	120	135
16	32	48	64	80	96	112	128	144
17	34	51	68	85	102	119	136	153
18	36	54	72	90	108	126	144	162
19	38	57	76	95	114	133	152	171

例如计算 147×8 时，就可以这样算：

$$147\times8=140\times8+7\times8=1120+56=1\,176$$

（3）在乘法计算中，如果能将其中一个数因式分解成个位数，分解后计算起来更加简单，例如：

$$225\times6=225\times2\times3=450\times3=1\,350$$

2. 乘数为两位数

（1）心算乘数为两位数的乘法时，尽量将其转变成我们熟悉的乘数为个位数的乘法，这样计算起来更简便。

当被乘数是个位数时，可以通过换位把它放在乘数位置，然后按照前述方法计算，例如：

$$6\times28=28\times6=20\times6+8\times6=120+48=168$$

（2）如果是两个两位数相乘，就要分解其中一个数，例如：

$$29\times12=29\times10+29\times2=290+58=348$$

$$41\times16=41\times10+41\times6=410+246=656$$

$$41\times16=16\times40+16\times1=640+16=656$$

（3）心算时，如果乘数或被乘数很容易因式分解成个位数，如 14 = 2×7，就要充分利用这一点进行适当的转变，例如：

$$45\times14=45\times2\times7=90\times7=630$$

3. 乘数和除数为 4 和 8

（1）如果乘数是 4，心算时可将其分解为“2×2”，例如：

$$112\times4=112\times2\times2=224\times2=448$$

$$335\times4=335\times2\times2=670\times2=1\,340$$

（2）如果乘数是 8，心算时可将其分解为“2×2×2”，例如：

$$217\times8=217\times2\times2\times2=868\times2=1\,736$$

还有更简便的方法：

$$217\times8=200\times8+17\times8=1\,600+136=1\,736$$

（3）如果除数是 4，心算时可将其分解为“2×2”，例如：

$$76\div4=76\div(2\times2)=76\div2\div2=38\div2=19$$

$$236\div4=236\div(2\times2)=236\div2\div2=118\div2=59$$

（4）如果除数是 8，心算时可将其分解为“2×2×2”，例如：

$$464\div8=464\div(2\times2\times2)=464\div2\div2\div2=116\div2=58$$

$$516\div8=516\div(2\times2\times2)=516\div2\div2\div2=129\div2=64.5$$

4. 乘数为 5 和 25

（1）如果乘数是 5，心算时可把 5 替换成“10÷2”，相当于给被乘数“加上一个 0”（即乘以 10），再除以 2，例如：

$$74\times5=74\times(10\div2)=740\div2=370$$

$$243\times5=243\times(10\div2)=2\,430\div2=1\,215$$

（2）如果乘数是 25，心算时就要把 25 替换成 100÷4，相当于先用被乘数除以 4，再用商的整数部分乘以 100，例如：

$$72\times25=72\times(100\div4)=\frac{72}{4}\times100=1\,800$$

如果出现被乘数不能被 4 整除，就记住下面的规则：

余数是 1，最终结果添 25；

余数是 2，最终结果添 50；

余数是 3，最终结果添 75。

这是由 100÷4 = 25，200÷4 = 50，300÷4 = 75 得出来的。

5. 乘数为 $1\frac{1}{2}$、$1\frac{1}{4}$、$2\frac{1}{2}$、$\frac{3}{4}$

（1）当乘数为 $1\frac{1}{2}$ 时，心算的方法是用被乘数加上它的一半，例如：

$$34\times1\frac{1}{2}=34+17=51$$

$$23\times1\frac{1}{2}=23+11\frac{1}{2}=34\frac{1}{2}$$

（2）当乘数为 $1\frac{1}{4}$ 时，心算的方法是用被乘数加上它的 $\frac{1}{4}$，例如：

$$48\times1\frac{1}{4}=48+12=60$$

$$58\times1\frac{1}{4}=58+14\frac{1}{2}=72\frac{1}{2}$$

（3）当乘数为 $2\frac{1}{2}$ 时，心算的方法是先将被乘数加倍，再加上被乘数的一半，例如：

$$18\times2\frac{1}{2}=36+9=45$$

$$39\times2\frac{1}{2}=78+19\frac{1}{2}=97\frac{1}{2}$$

还有一种方法是，先将被乘数放大 5 倍，再除以 2，即：

$$18\times2\frac{1}{2}=18\times5\div2=45$$

（4）当乘数为 $\frac{3}{4}$ 时（也就是求被乘数的 $\frac{3}{4}$），心算的方法是用被乘数先乘以 $1\frac{1}{2}$ 再除以 2，例如：

$$30\times\frac{3}{4}=30\times1\frac{1}{2}\div2=(30+15)\div2=22\frac{1}{2}$$

另一种方法是，用被乘数减去它的 $\frac{1}{4}$，或者是用被乘数的一半再加被乘数一半的一半，即：

$$30\times\frac{3}{4}=30-(30\times\frac{1}{4})=22\frac{1}{2}$$

$$30\times\frac{3}{4}=15+7\frac{1}{2}=22\frac{1}{2}$$

6. 乘数为 15、75 和 125

（1）心算时，如果乘数是 15，可把 15 替换成“$1\frac{1}{2}\times10$”，例如：

$$18\times15=18\times1\frac{1}{2}\times10=(18+9)\times10=270$$

$$45\times15=45\times1\frac{1}{2}\times10=(45+22\frac{1}{2})\times10=675$$

（2）心算时，如果乘数是 75，可把 75 替换成“$100\times\frac{3}{4}$”，例如：

$$18\times75=18\times100\times\frac{3}{4}=1\,800\times\frac{3}{4}=\frac{1\,800+900}{2}=1\,350$$

（3）心算时，如果乘数是 125，可把 125 替换成“$100\times1\frac{1}{4}$”，例如：

$$26\times125=26\times100\times1\frac{1}{4}=2\,600+650=3\,250$$

$$47\times125=47\times100\times1\frac{1}{4}=4\,700+\frac{4\,700}{4}=4\,700+1\,175=5\,875$$

7. 乘数为 9 和 11

（1）心算一个数乘以 9 时，可先将被乘数乘以 10 再减去被乘数，例如：

$$62\times9=62\times10-62=600-42=558$$

$$73\times9=73\times10-73=700-43=657$$

（2）心算一个数乘以 11 时，可先将被乘数乘以 10 再加上被乘数，例如：

$$87\times11=87\times10+87=957$$

8. 除数为 5、$1\frac{1}{2}$、15

（1）心算时，如果除数为 5，先将被除数乘以 2，再将结果除以 10，例如：

$$68\div5=\frac{68\times2}{10}=13\frac{3}{5}$$

$$237\div5=\frac{237\times2}{10}=47\frac{2}{5}$$

（2）心算时，如果除数为 $1\frac{1}{2}$，先将被除数乘以 2 后再除以 3，例如：

$$36\div1\frac{1}{2}=36\times2\div3=72\div3=24$$

$$55\div1\frac{1}{2}=55\times2\div3=110\div3=36\frac{2}{3}$$

（3）心算时，如果除数为 15，先将被除数乘以 2 后再除以 30，例如：

$$240\div15=240\times2\div30=480\div30=16$$

$$462\div15=462\times2\div30=924\div30=30\frac{4}{5}$$

9. 求平方心算

（1）计算一个以 5 结尾的数的平方，如求 85^2，只需将 5 前面的数字“8”乘比它大 1 的数，即 $8\times9=72$，再在得出的结果后面直接写上 25，即 7 225 就是最终的答案。

例如：

计算 25^2：$2\times3=6\rightarrow625$

计算 45^2：$4\times5=20\rightarrow2025$

计算 145^2：$14\times15=210\rightarrow21025$

（2）上面的方法同样适用于以 5 结尾的小数（根据位数调整小数点位置），例如：

$$8.5^2=72.25$$

$$14.5^2=210.25$$

$$0.35^2=0.1225$$

（3）因为 $\frac{1}{2}=0.5$，$\frac{1}{4}=0.25$，所以（1）中的方法同样可以用于心算以 $\frac{1}{2}$ 结尾的数字的平方，例如：

$$(8\frac{1}{2})^2=72\frac{1}{4}$$

$$(14\frac{1}{2})^2=210\frac{1}{4}$$

（4）用下面的公式心算数字的平方时会更简便：

$$(a\pm b)^2=a^2+b^2\pm 2ab$$

这个公式对心算以1、4、6、9结尾的数字的平方十分方便。

例如：

$$41^2=(40+1)^2=40^2+1+2\times40=1\,601+80=1\,681$$

$$69^2=(70-1)^2=70^2+1-2\times70=4\,901-140=4\,761$$

$$36^2=(35+1)^2=1\,225+1+2\times35=1\,296$$

10. 用公式 $(a+b)\times(a-b)=a^2-b^2$ 计算

（1）当需要心算52×48的时候，可以在心里将这两个数替换成：

$$(50+2)\times(50-2)$$

可以得出：

$$(50+2)\times(50-2)=50^2-2^2=2\,496$$

这个公式适用于两数相乘，一个数可以被替换成两数之和，另外一个数正好等于这两数之差，例如：

$$69\times71=(70-1)\times(70+1)=4\,899$$

$$33\times27=(30+3)\times(30-3)=891$$

$$53\times57=(55-2)\times(55+2)=3\,021$$

$$84\times86=(85-1)\times(85+1)=7\,224$$

（2）下面的算式也适合用这个公式心算：

$$7\frac{1}{2}\times6\frac{1}{2}=(7+\frac{1}{2})\times(7-\frac{1}{2})=48\frac{3}{4}$$

$$11\frac{3}{4}\times12\frac{1}{4}=(12-\frac{1}{4})\times(12+\frac{1}{4})=143\frac{15}{16}$$

11. 最好记住 $37\times3=111$

（1）记住37×3＝111，在心算37乘以6、9、12等数字时运用这个式子就变得容易多了。例如：

$$37\times6=37\times3\times2=222$$

$$37\times9=37\times3\times3=333$$
$$37\times12=37\times3\times4=444$$
$$37\times15=37\times3\times5=555$$

（2）$7\times11\times13=1\,001$，记住这个算式，对下面的计算很有帮助：

$$77\times13=1\,001$$
$$77\times26=2\,002$$
$$77\times39=3\,003$$
$$91\times11=1\,001$$
$$91\times22=2\,002$$
$$91\times33=3\,003$$
$$143\times7=1\,001$$
$$143\times14=2\,002$$
$$143\times21=3\,003$$

本章介绍的都是心算乘除法、开平方时使用的简便方法。那些善于思考的读者，在实际应用中还会积累一些更简便、更有效的方法。

第 5 章　魔方问题与一笔画问题

1. 最小的魔方

魔方又叫幻方，是一项古老的数学游戏，流传至今。这个游戏的玩法如下：将从 1 开始的一串连续数字（数量与魔方大小相对应）填入魔方，使任意行、任意列和对角线上的数字之和都相等。

魔方不只是一个玩具，它也是众多数学家研究成果的结晶。魔方理论被应用于很多重要的数学问题中，例如解多元方程的方法就使用了魔方理论。

最小的魔方有 9 个小方格，仔细思考下不难发现，由 4 个小方格组成的魔方是不可能存在的，图 5-1 就是由 9 个小方格组成的魔方，在这个魔方中，不管是 $4+3+8$、$2+7+6$、$4+9+2$、$8+1+6$，还是 $4+5+6$、$8+5+2$，任何 3 个数字相加的和都等于 15。

4	3	8
9	5	1
2	7	6

图 5-1

其实，我们能预见这个数字魔方的效果。这个魔方共 3 行，包含 9 个数字，这 9 个数字的和为：

$$1+2+3+4+5+6+7+8+9=45$$

也就是说，这个和应该等于其中一行数字和的 3 倍，所以我们能得到每行数字的和应该是：

$$45 \div 3=15$$

通过这个方法，我们就能提前计算出任意大小的数字魔方的任意一行或一列的数字和。因此我们需要计算出所有数字的和以及行数。

2. 变出新魔方

设计好一个魔方后，很容易根据它变换出一系列新的魔方。比如，如果我们先设计出一个如图 5-2 所示的魔方，再将它逆时针转动 90°后，就能得到如图 5-3 所示的魔方。

6	1	8
7	5	3
2	9	4

图 5-2

8	3	4
1	5	9
6	7	2

图 5-3

逆时针转动 180°和 270°，又能变换出 2 个新的魔方。

3. 巴歇奇数阶魔方

17 世纪的法国数学家巴歇发现了奇数阶魔方，也就是构成魔方的方格数量是奇数。巴歇的这种方法适用于由 9 个方格构成的正方形魔方，因此我们就从这个最简单的魔方开始介绍巴歇的这种方法。

如图 5-4 所示，先在由 9 个小方格构成的大方格中及其周围写上 1 ～ 9 这 9 个数字。

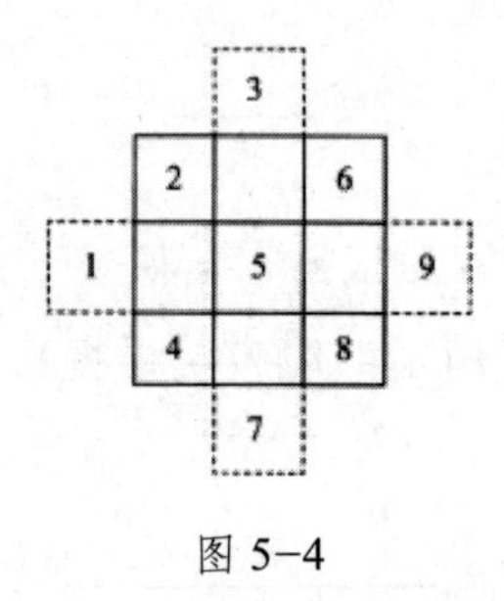

图 5-4

然后把大方格外面的数字写进其对面的小方格中，使其仍在原来的行或者列上（如图 5-5 所示），这样就得到一个由 3×3 个小方格构成的魔方。

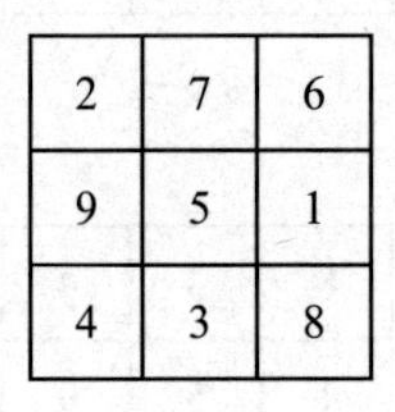

图 5-5

接着运用巴歇法设计一个由 5×5 个方格构成的魔方，在由 25 个小方格构成的大方格中及其周围写上 1 ～ 25 这 25 个数字，如图 5-6 所示。

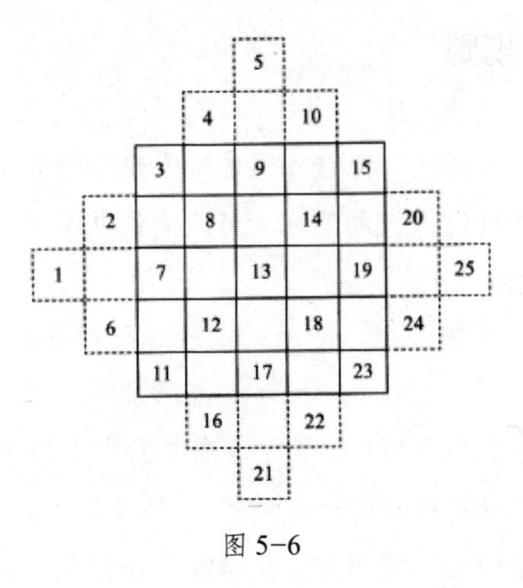

图 5-6

按照前面介绍的方法，将大方格外的数字依次移入相应的小方格中，如图 5-7 所示。

3	16	9	22	15
20	8	21	14	2
7	25	13	1	19
24	12	5	18	6
11	4	17	10	23

图 5-7

这种看似很简单的方法，其原理却十分复杂，但是大家可以在实践中证明这种方法是完全正确的。

在得到一个由 25 个小方格构成的魔方后，通过旋转和镜像又可以得到这种魔方的变体。

4. 印度人的魔方规则

巴歇法也被称为阶梯法，但它并不是构成奇数阶魔方的唯一方法。还有一种方法，据说是由印度人发明的，十分古老但并不复杂，可以简单地归纳为5条规则。

请先仔细阅读这5条规则，然后运用这5条规则设计一个由49个小方格构成的魔方。

①如图5-8所示，在7×7个小方格构成的大方格顶行正中的方格中写上1，在末行正中的方格右侧那一格写上2。

②过2所在方格中心，向东北方向画线，在线条经过的方格中填写后续数字，如3和4。

③到达边界的时候，就转到上面一行最左边的方格并按照如上方法填写后续数字，如5、6、7；如果达到已经写有数字的方格，就转到最后一个被填写的方格下面按照上述方法继续填写后续数字，如8、9、10。

④如果写到了大方格最上边，如10，就在该方格右侧相邻列最后一格填写后续数字，如11、12。

⑤如果写到了大方格右上方顶角的方格，如28，就在该方格正下方填写后续数字，如29。

30	39	48	1	10	19	28
38	47	7	9	18	27	29
46	6	8	17	26	35	37
5	14	16	25	34	36	45
13	15	24	33	42	44	4
21	23	32	41	43	3	12
22	31	40	49	2	11	20

图5-8

按照上述规则可以快速设计出任何一个奇数阶魔方。

5. 偶数阶魔方

偶数阶魔方的设计较难，但如果构成魔方的方格数量可以被 16 整除，那么它就有比较简单的设计方法。

在介绍这种设计方法前，我们需要先引入“对称”的概念，图 5-9 中列举了用“×”和“○”两种符号表示的两对相互对称的方格。

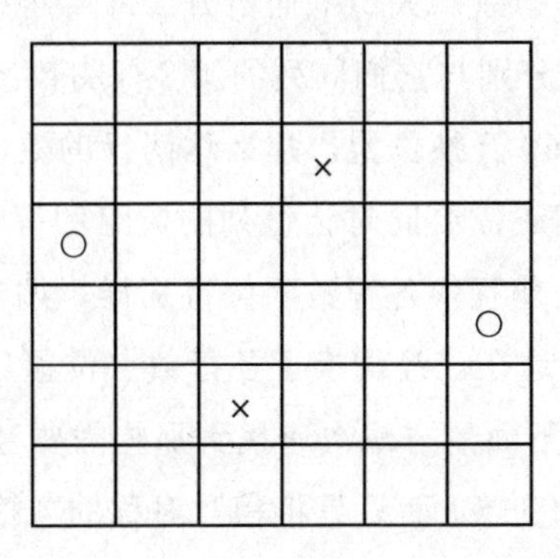

图 5-9

了解“对称”后，我们便以 8×8 个方格构成的魔方为例，讲解前面提到的魔方设计方法。

首先将数字 1 ～ 64 填入小方格中，如图 5-10 所示。

1	2	3	4	5	6	7	8
9	10	11	12	13	14	15	16
17	18	19	20	21	22	23	24
25	26	27	28	29	30	31	32
33	34	35	36	37	38	39	40
41	42	43	44	45	46	47	48
49	50	51	52	53	54	55	56
57	58	59	60	61	62	63	64

图 5-10

在这个大方格中，两条对角线上的数组的和是一样的，都等于 260，正好是相应大小的魔方对角线上的数组的和。但是目前大方格各行各列的数组的和并不相等。

最上面一行数组的和是 36，比 260 小 224；最下面一行，即第 8 行数组的和是 484，比 260 大了 224。仔细观察一下可以发现，第 8 行的每个数字都比它们同列第 1 行的数字大 56，而恰好 224 ＝ 4×56。这样就能推算出，如果第 1 行的 4 个数字分别与它们同列的第 8 行的数字相互交换，比如 1、2、3、4 与 57、58、59、60 互换位置，那么这两行的数组和就相等了。

但是别忘了，我们还需要同时让每列的数组和等于 260。按照数字最开始分布的位置，就像之前互换各行数字位置那样，调换各列数字位置使各列数组的和为 260，然而这在已经调换了各行数字位置后就会变得比较复杂。

幸好，我们可以用下面的方法快速找到那些需要互换位置的数字（注意：我们无需进行行与列的交换，而只是将相互对称的方格中的数字互换位置）。

①先将由 8×8 个小方格构成的大方格分成 4 块，如图 5-11 所示。

②在左上角的那一块中，为一半的小方格标记上“×”，使每一行和每一列中都正好有一半小方格被标记上即可。这种标记方法有很多，图 5-11 仅是其中一种。

③按照相同的方法在右上角的那一块中标记小方格，如图 5-12 所示。

④再把标有“×”的方格中的数，逐个同相对称的方格中的数字互换位置。这样就得到一个如图 5-13 所示的魔方。

1×	2	3	4×	5	6	7	8
9×	10×	11	12	13	14	15	16
17	18×	19×	20	21	22	23	24
25	26	27×	28	29	30	31	32
33	34	35	36	37	38	39	40
41	42	43	44	45	46	47	48
49	50	51	52	53	54	55	56
57	58	59	60	61	62	63	64

图 5-11

1×	2	3	4×	5×	6	7	8×
9×	10×	11	12	13	14	15×	16
17	18×	19×	20	21	22×	23×	24
25	26	27×	28×	29×	30×	31	32
33	34	35	36	37	38	39	40
41	42	43	44	45	46	47	48
49	50	51	52	53	54	55	56
57	58	59	60	61	62	63	64

图 5-12

64	2	3	61	60	6	7	57
56	55	11	12	13	14	50	49
17	47	46	20	21	43	42	24
25	26	38	37	36	35	31	32
33	34	30	29	28	27	39	40
41	23	22	44	45	19	18	48
16	15	51	52	53	54	10	9
8	58	59	5	4	62	63	1

图 5-13

实际上，满足规则②的标记方法有很多种，这些不同的标记方法如图5-14所示。

<table>
<tr><td></td><td>×</td><td>×</td><td></td></tr>
<tr><td>×</td><td>×</td><td></td><td></td></tr>
<tr><td>×</td><td></td><td></td><td>×</td></tr>
<tr><td></td><td></td><td>×</td><td>×</td></tr>
</table>

（1）

<table>
<tr><td></td><td>×</td><td>×</td><td></td></tr>
<tr><td>×</td><td></td><td></td><td>×</td></tr>
<tr><td>×</td><td></td><td></td><td>×</td></tr>
<tr><td></td><td>×</td><td>×</td><td></td></tr>
</table>

（2）

<table>
<tr><td>×</td><td></td><td></td><td>×</td></tr>
<tr><td></td><td>×</td><td>×</td><td></td></tr>
<tr><td></td><td>×</td><td>×</td><td></td></tr>
<tr><td>×</td><td></td><td></td><td>×</td></tr>
</table>

（3）

<table>
<tr><td>×</td><td>×</td><td></td><td></td></tr>
<tr><td>×</td><td>×</td><td></td><td></td></tr>
<tr><td></td><td></td><td>×</td><td>×</td></tr>
<tr><td></td><td></td><td>×</td><td>×</td></tr>
</table>

（4）

图5-14

你自己也能找出很多种满足规则②的标记方法，再按照规则③和规则④进行处理，可以得到好几个不同的由 64 个小方格构成的魔方。

按照上述方法，还可以设计出由 12×12、16×16 个小方格等形式构成的魔方，建议大家多多尝试。

6. 七桥问题

【题目】有一次，天才数学家欧拉被一道特别的题目吸引住了，这道题是这样说的："在科尼斯堡有一座小岛，叫内服夫，有两条河流环绕着这座小岛，两条河流上横跨着 *a*、*b*、*c*、*d*、*e*、*f*、*g* 七座桥，如图 5-15 所示。能不能不重复经过其中任何一座桥而一次走过所有的桥呢？"

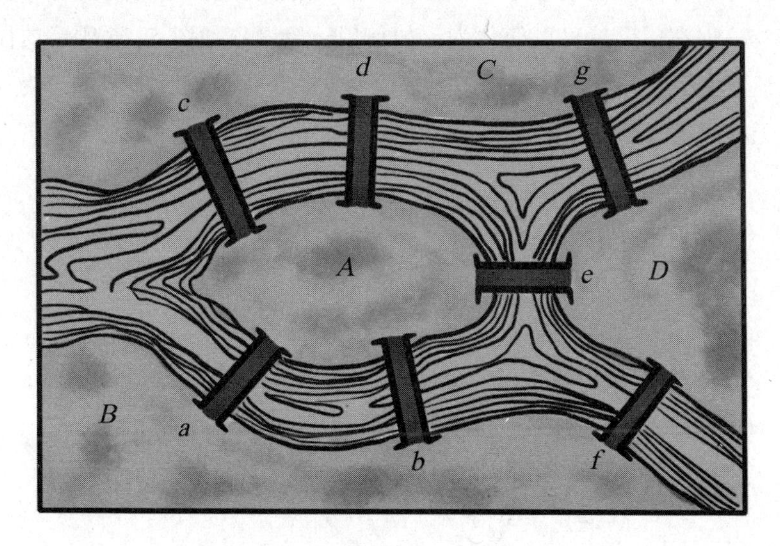

图 5-15

有人觉得这是可以实现的，但也有一些人持反对意见。那么，你觉得呢？

【解答】欧拉对此进行了完整的数学研究，1736 年，他把对科尼斯堡七桥问题的研究结果提交给了彼得堡科学院。他的研究论文开始就确定了类似问题所属的数学领域，大意如下：

> 几何学中有一个领域是研究物体大小及测量方法的，而且这一领域在古代就已经被仔细研究过。此领域外，布莱尼茨首先提出了被他称为“位置几何”的新领域。这一几何学领域研究的是图形各部分之间的相对分布次序，而不是它们的尺寸。
>
> 不久之前，我听说了属于“位置几何”的这个问题，现在我将用自己的方法来解答。

我们在这里不是要叙述这位伟大数学家的论证过程，而是介绍他的最终结论——问题中要求的走法是无法完成的——的简要思路。

我们用简化图（图 5-16）来示意河流的分布。在这个问题中，路线与图形各部分的相对大小无关，因此岛屿的面积和桥梁的长度没有意义。

我们可以在简化图中用 A、B、C、D 等点来代表道路交会处（参照图 5-15）。现在问题就可以简化为：如何用一笔画出如图 5-16 所示的图形，且保证笔尖不离开纸，线条也不重复画两次。下面就向大家展示，为什么一笔是无法画出这个图形的。

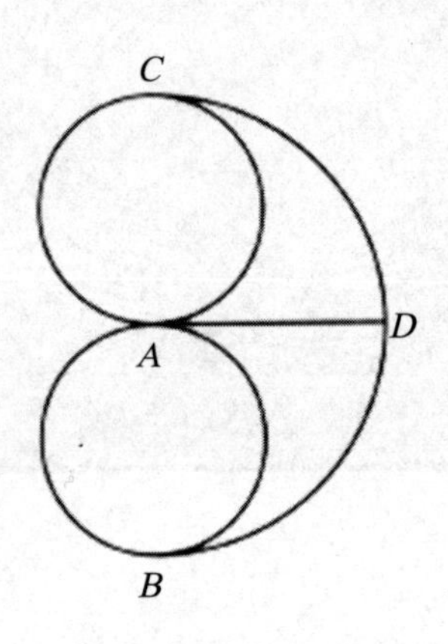

图 5-16

按照原题的要求，应沿着一条路陆续到达 A、B、C、D 四处交会处，再沿着另外的一条路离开。也就是说，为了能够不中断地一笔画完图形，除了起点和终点之外，需要在所有的交点上分别汇聚两条或者四条线——简单地说就是偶数条线。而图中的 A、B、C、D 每一个点上汇聚的却是奇数条线。所以，用一笔无法画出这个图形，也就是说，不重复经过其中任何一座桥而一次走过所有桥是实现不了的。

7. 一笔画

【题目】请试着用一笔画出图 5-17 中的图形，要求在画的过程中，笔尖不能离开纸，不要画多余的线条，一条线不能重复画两次。

在解答这个题目前，我们先来了解“奇数点”与“偶数点”。

用一笔画出图 5-17 中的图形时，会有多种可能的情况出现，如有的图形无论你从哪个起点开始画都能一笔画出来，而有的图形只能从特定的起点开始画，还有一种图形是一笔根本画不出来的。

是什么造成了这些不同的情况呢？是否存在某种特点，让人一看就能判断出图形是否能一笔画出来？如果能画出来，又应该从哪一点开始呢？这其实都和奇数点与偶数点有关。

我们把汇聚了偶数条线的点称为“偶数点”，把汇聚了奇数条线的点称为“奇数点”。可以得出，不管是什么样的图形，要么没有奇数点，要么只有偶数个奇数点。

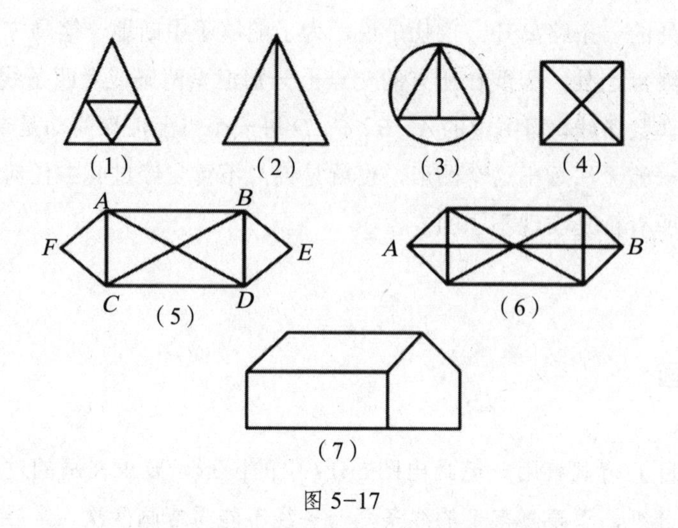

图 5-17

如果图形中没有奇数点，那么它从任何地方开始画都能一笔画出来，如图 5-17（1）和图 5-17（5）。

如果图形中只有一对奇数点（也就是两个奇数点），那么这个图形从奇数点开始画也是可以被一笔画出来的，如图 5-17（2）、图 5-17（3）、图 5-17（6）。不难想到，画这些图形是从一个奇数点开始到另外一个奇数点结束，如一笔画出图 5-17（6）所示图形应从 *A* 点或 *B* 点开始画。

如果图形中有超过一对的奇数点，那么它就完全不能一笔画出来，如图 5-17（4）和图 5-17（7）。

综上所述，如此就能分辨出哪些图形是不能一笔画出来的，哪些图形能画以及要从哪一点开始画。

【解答】如图 5-18 所示。

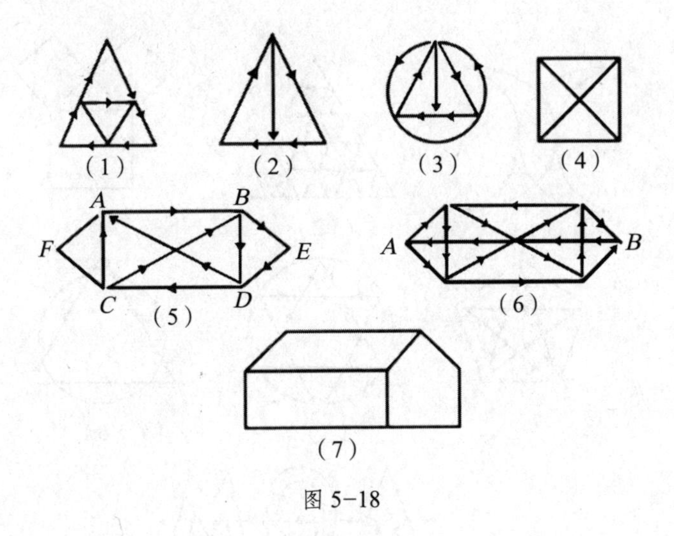

图 5-18

【题目】请一笔画出图 5-19 中的图形。

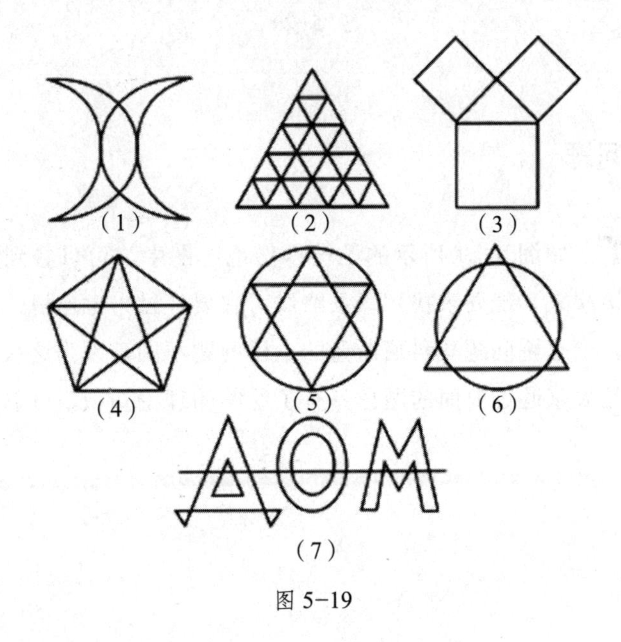

图 5-19

【解答】如图 5-20 所示。

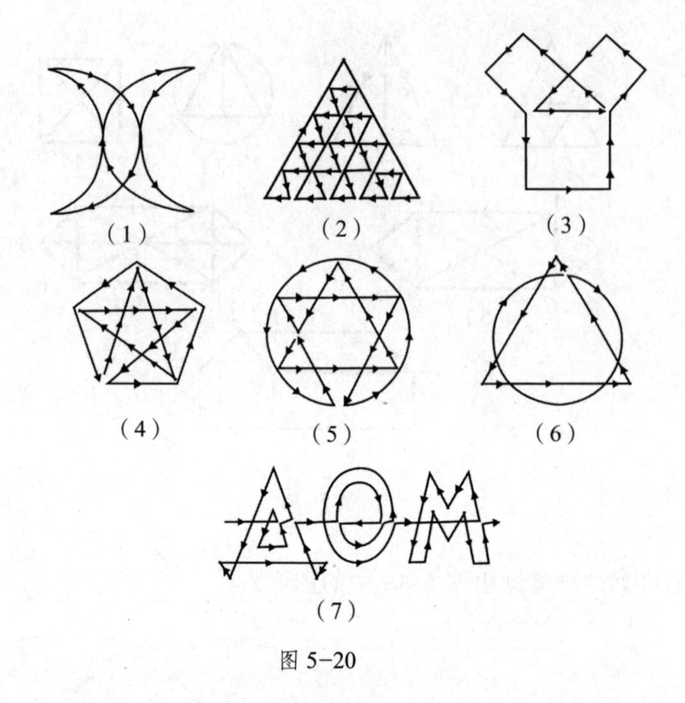

图 5-20

8. 十七桥问题

【题目】在如图 5-21 所示的圣彼得堡地区图中，可以看到所有地段被十七座桥连接起来，现要求找到一条路线，它要经过十七座桥，但是每座桥只能走一次。十七桥问题与科尼斯堡的七桥问题不同，因为这次的要求是能实现的，而且大家通过前面的题也具有了足够的理论知识，可以独立解决这个问题。

图 5-21

【解答】如图 5-22 所示。

图 5-22

第 6 章　工作中的趣味习题

1. 寻找挖土工

【题目】挖一条 5 米的长沟，需要 5 名挖土工挖 5 小时，那么在 100 小时内挖出 100 米的长沟需要几名挖土工？

【解答】只需要 5 名挖土工。千万别掉进这个题目的陷阱，若看到题目中说 5 名挖土工 5 个小时内能挖 5 米长，就认为 100 小时挖 100 米就需要 100 人，这个思维模式是错误的。

实际上，5 名挖土工 5 小时内能挖 5 米，也就是 5 名挖土工 1 小时挖 1 米，所以 100 小时挖 100 米。

2. 锯木条

【题目】有一根长 5 米的原木，木匠要将原木锯成 5 段 1 米长的木条，他每锯一次需要 1. 5 分钟，那么将整根原木锯完需要多长时间？

【解答】很容易想到锯 1 米需要 1. 5 分钟，锯 5 米应该需要 5 倍的时间，也就是 7. 5 分钟。但是别忘了，锯最后一次可以得到 2 段，也就是说，锯 4 次就行了，不用锯第 5 次。所以，锯完整根原木共需 6 分钟。

3. 木匠的收入

【题目】一个木匠小组完成一项任务，这个小组由 6 名粗木匠和 1 名细木匠组成。一名粗木匠的收入是 20 元，细木匠的收入比小组 7 名成员的平均收入多 3 元。请问：细木匠的收入是多少？

【解答】假设细木匠的收入是 x 元，小组 7 名成员的平均收入就是 $(20\times6+x)\div7$，而细木匠的收入比平均收入多 3 元，由此可以得出一个关系式：

$$x-3=(20\times6+x)\div7$$

通过计算可知 $x=23.5$，也就是说，细木匠的收入是 23.5 元。

4.5 根断开的铁链

【题目】铁匠拿出 5 根铁链，每根铁链上有 3 个铁环，如图 6-1 所示。铁匠想将这 5 根铁链连成一根长铁链，要怎么做呢？铁匠想了想，应该先打开几个铁环，再重新锻造上。

完成这项工作最少需要打开几个铁环？

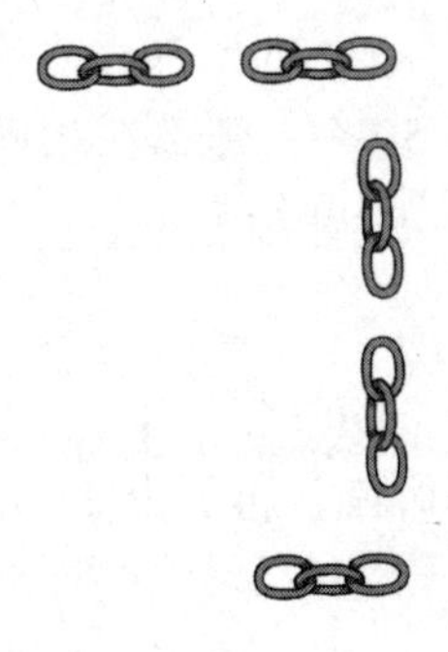

图 6-1

【解答】只需要打开一根铁链上的 3 个铁环，然后用这 3 个铁环连接其余 4 根铁链就可以了。

5. 修理摩托车和汽车

【题目】一间修车厂一个月能修好 40 辆车，包括汽车和摩托车，所修车的轮胎总数是 100 个。问：修车厂修好了多少辆汽车和多少辆摩托车？

【解答】假设修好的 40 辆车全部是摩托车，总的轮胎数应该是 80 个，比实际计算的总数少 20 个。如果用一辆汽车代替一辆摩托车，轮胎数就会增加 2 个，那么与实际轮胎数之间的差距将减少 2 个，如果想要将差距缩减到 0，就要进行 10 次这样的替换。由此可以得出，汽车是 10 辆，摩托车是 30 辆，即：

$$10\times4+30\times2=100$$

6. 削土豆皮

【题目】两个人要给 400 个土豆削皮，其中一个人每分钟能削 3 个土豆，另一个人每分钟能削 2 个土豆，第二个人比第一个人多花 25 分钟完成工作。这两人完成工作分别花了多长时间？

【解答】第二个人在多花的 25 分钟里一共削了 50 个土豆，即：

$$2\times25=50$$

从总数 400 个土豆中减去 50 个，那么在相同的时间里两个人一共削了 350 个土豆，一分钟内两个人一共能削 5 个土豆，那么两个人削完 350 个土豆需 70 分钟，即：

$$350\div5=70$$

这也就是第一个人的工作时间，再加上 25 分钟就是第二个人的工作时间，即 95 分钟。

可以用算式证明一下所算出时间的正确性：

$$3\times70+2\times95=400$$

7. 工人的工作时间

【题目】两个人一起用了7天时间完成一项工作，第二个人比第一个人晚了2天开始工作。如果两个人单独完成这项工作，那么第一个人要比第二个人晚4天完成工作。

请问，两个人单独完成工作各需要几天？

【解答】因为两个人单独完成全部工作的时间差是4天，所以如果分别单独完成一半工作，第一个人需要的时间就比第二个人多2天。然而，两个人一起完成这项工作时，第二个人刚好晚了2天，显然在7天时间里，第一个人刚好完成了一半工作，第二个人用5天完成了另外一半工作。因此可以知道，单独完成这项工作，第一个人需要14天，第二个人需要10天。

【题目】两名打字员完成录入报告的工作，有经验的打字员需用2个小时录完，没经验的打字员需用3个小时。如果考虑在最短的时间内完成录入任务，他们需要多长时间才能完成这份工作？

这道题可以用解答著名的蓄水池问题的方法：先计算出每位打字员在1小时内完成的工作占总工作的多少，再将两个分数加在一起，最后用整数1除以得到的分数。

你还能想出与这个传统解题方法不同的新解题方法吗？

【解答】新的解题方法是这样的。首先设定一个条件：想要用最短的时间完成任务，两名打字员应该同时工作，并同时结束工作。已知，有经验的打字员的速度是没经验的打字员的$\frac{3}{2}$倍，那么有经验的打字员完成的工作量就是没经验的打字员的$\frac{3}{2}$倍，只有这样，两人才能同时完成工作。所以，有经验的人应该完成报告的$\frac{3}{5}$的录入工作，没经验的完成$\frac{2}{5}$的录入工作，接着再算出有经验的人完成$\frac{3}{5}$的录入工作所需要的时间，题目就能解出来了。

又得知有经验的打字员完成全部工作需要2小时，完成$\frac{3}{5}$的录入工作就需要$2\times\frac{3}{5}=\frac{6}{5}$小时，没经验的打字员也应该在这个时间段内完成自己的那部分工作。所以，两名打字员完成录入工作的最短用时是1小时12分钟。

8. 称面粉

【题目】商店需要称出5袋面粉的质量，店中有秤，但是缺少几个秤砣，所以称不出50至100千克之间的质量，而每袋面粉的质量在50至60千克之间。店主并没有着急，他把每两袋面粉放在一起称，5袋面粉组成10对，称出10次得到下面一组数字：110千克、112千克、113千克、114千克、115千克、116千克、117千克、118千克、120千克、121千克。

请问，5袋面粉分别重多少千克？

【解答】这道题其实并不难，不用方程式就可以解出。

店主将称出的10个数字加在一起的和是1 156，因为每袋面粉被称了4次，所以这个数字是总质量的4倍，由此得出5袋面粉的总质量是289千克。

根据质量将每袋面粉编上号，最轻的是1号，第二轻的是2号……依此类推，最重的一袋是5号。在称出的110千克、112千克、113千克、114千克、115千克、116千克、117千克、118千克、120千克、121千克这些数据中，易知110千克是最轻的两袋面粉（面粉1和面粉2）的质量和，112千克是面粉1和面粉3的质量和，121千克是最重的两袋面粉（面粉4和面粉5）的质量和，120千克是面粉3和面粉5的质量和，由此可以推断出，面粉1、2、4、5的质量和是231千克：

$$110 + 121 = 231$$

用总质量289千克减去231千克便可得出面粉3的质量就是58千克。此时，其余几袋面粉的质量也很容易算出来了。

面粉1的质量：$112-58 = 54$千克

面粉2的质量：$110-54 = 56$千克

面粉5的质量：$120-58 = 62$千克

面粉4的质量：$121-62 = 59$千克

综上所述，5袋面粉的质量分别为54千克、56千克、58千克、59千克、62千克。

第 7 章　买卖中的趣味习题

1. 斗篷、帽子和套鞋[①]

【题目】一个人花了 140 元买了一件斗篷、一顶帽子和一双套鞋。斗篷比帽子贵 90 元，帽子和斗篷加起来比套鞋贵 120 元。

斗篷、帽子、套鞋各多少钱（要求不用方程式，用心算）？

【解答】假设不是买了三样东西而是买了两双套鞋，那么花费就会比 140 元少，所少的钱数是套鞋比斗篷和帽子便宜的 120 元，由此可以得到两双套鞋的总价是 140－120 ＝ 20 元，那么一双套鞋的价钱就是 10 元。

一双套鞋的价钱知道了，就能算出斗篷和帽子一共花费：

$$140-10=130$$

而斗篷比帽子贵 90 元。按照前面的解题思路，假设买到的是两顶帽子，则花费要比 130 元少 90 元，因此两顶帽子的总价是：

$$130-90=40$$

一顶帽子的价钱是 20 元。

综上所述，三样东西的价钱分别为：套鞋 10 元，帽子 20 元，斗篷 110 元。

① 本书有较多涉及货币的题目，为便于国内的小读者理解，译者在适宜情况下对部分内容进行了本土化处理，将题目情境中的外国货币改为中国货币。特此说明，后文不赘。

2. 买东西

【题目】钱包里约有 15 元，包括一元面额纸币和两角面额硬币。拿着钱包去买东西，回来时还剩下一些钱，剩下的一元纸币数和原来两角面额硬币数一样；剩下的两角面额硬币数和原来的一元纸币数一样；剩下的这些钱恰好是没花之前的$\frac{1}{3}$。请问，买东西花了多少钱？

【解答】可以先假设买东西前的一元纸币数是 x，两角硬币数是 y，可以得出原来钱包里的总钱数，以分为统一单位，则总钱数为（$100x + 20y$）分。

买完东西回来后，钱包里的总钱数是（$100y + 20x$）分。

已知剩下的钱是原来的$\frac{1}{3}$，由此可得：

$$3(100y + 20x) = 100x + 20y$$

简化后可以得出：

$$x = 7y$$

设 $y = 1$，则 $x = 7$，那么原来钱包中的总钱数是 7 元 2 角，与已知的信息不符；

设 $y = 2$，则 $x = 14$，那么原来钱包中的总钱数是 14 元 4 角，与题设相符；

设 $y = 3$，则 $x = 21$，那么原来钱包中的总钱数是 21 元 6 角，远超过 15 元。当 $y > 3$，所得结果更加不符合题目要求

综上推断，14 元 4 角是最符合题目的答案。买完东西后剩下 2 张一元纸币和 14 枚两角硬币，即 4 元 8 角，也就是 14 元 4 角的$\frac{1}{3}$，与题设条件一致。

那么，花掉的钱应该是 $1\,440 - 480 = 960$ 分，即买了 9 元 6 角的东西。

3. 买水果

【题目】有人花了 50 元买了 100 个水果，其中西瓜 5 元一个，苹果 1 元一个，李子 1 元 10 个。你知道这三种水果中，他每种各买了多少个吗？

【解答】答案只有一个：西瓜 1 个，总价 5 元，苹果 39 个，总价 39 元，李子 60 个，总价 6 元。

4. 涨价和降价

【题目】商品的价格上涨10%，接着又下降10%。问：涨价前的价格与降价后的价格哪个低？

【解答】降价后商品的价格比涨价前便宜1%。设原价为a，可以通过下面的计算得出：

$$涨价后的价格：a\times(1+\frac{1}{10})=\frac{11}{10}a$$

$$降价后的价格：\frac{11}{10}a\times(1-\frac{1}{10})=\frac{99}{100}a$$

$$(a-\frac{99}{100}a)\div a\times100\%=1\%$$

5. 酒桶

【题目】商店里有6桶酒，桶的外面都标有桶中酒的升数，如图7-1所示。一天，有两个顾客买酒，第一个人买了2桶，第二个人买了3桶，第一个人买的酒的升数比第二个人少$\frac{1}{2}$。6桶酒卖出去5桶，剩下的1桶是哪一个？

图7-1

【解答】剩下的是标有20升的酒桶。

第一个人买的是标有15升和18升的2桶酒，第二个人买的是标有16升、19升、31升的3桶酒。即：

$$15 + 18 = 33$$

$$16 + 19 + 31 = 6$$

$$33 \times 2 = 66$$

第二个人买的酒的升数是第一个人的两倍，符合题目要求，剩下的只能是装 20 升酒的酒桶，这是唯一可能的答案，其他买酒组合不能满足题目要求的条件。

6. 卖鸡蛋

【题目】村妇拿鸡蛋去市场上卖，第一位顾客买了全部鸡蛋的一半又$\frac{1}{2}$个鸡蛋，第二位顾客买了剩下鸡蛋的一半又$\frac{1}{2}$个鸡蛋，第三位顾客只买了 1 个鸡蛋，到此为止，村妇的鸡蛋全部卖完了。

村妇一共带了多少个鸡蛋来卖？

【解答】这道题看起来极不合理，但其实另有玄机。解答这道题要从后面往前推算。第二位顾客买走剩下鸡蛋的一半又$\frac{1}{2}$个鸡蛋后，村妇手里就剩下了 1 个鸡蛋。也就是说，第一个顾客买完后剩下鸡蛋的一半就是 $1\frac{1}{2}$鸡蛋，那么第一位顾客买完后总共剩下 3 个鸡蛋，再加上$\frac{1}{2}$个鸡蛋就等于村妇所有鸡蛋数的一半。由此就得出，村妇一共带了 7 个鸡蛋到市场上去卖。

再用下面的算式检验其是否正确：

第一个人所买鸡蛋数量：$7 \div 2 + 0.5 = 4$ 个

第二个人所买鸡蛋数量：$(7 - 4) \div 2 + 0.5 = 2$ 个

第三个人所买鸡蛋数量：$7 - 4 - 2 = 1$ 个

所得数据完全符合题目要求。

7. 怪题巧解

【题目】很多俄国文学爱好者都没有发现，第一本俄语数学难题集的作者是诗人别涅季克托夫。这本难题集并没有出版，是以手稿的形式流传下来的，直到1924年才被大众发现。我曾经看过这本手稿，里面有个名为《怪题巧解》的故事，大意如下：

> 一位古怪的老婆婆有90个鸡蛋，分给三个女儿拿到市场上去卖。她给大女儿10个鸡蛋，给二女儿30个鸡蛋，给小女儿50个鸡蛋，同时告诉女儿们：“你们要先商量好按照什么价格卖，并在同一时间坚持卖同一个价格。我希望老大利用自己的聪明才智，在遵守统一价格的前提下卖出10个鸡蛋的钱，与老二卖出30个鸡蛋的钱一样。”她还要求二女儿卖出30个鸡蛋的钱与三女儿卖出50个鸡蛋的钱一样。同时又说：“你们三个最后收到的钱要一样多，并且能保证卖出10个鸡蛋的钱不少于10分，卖出90个鸡蛋的总价钱不少于90分。”

思考一下，女儿们是如何满足妈妈的要求去卖鸡蛋的呢？

【解答】我们可以继续把故事讲完。

三个女儿觉得这个问题比较难解决，大女儿思考了下说：“我们不要以10个鸡蛋为一组去卖，而是先以7个鸡蛋一组去卖，一组3分钱，然后就按照妈妈说的那样我们每个人都要遵守这个定价。记住，不要随便降价！”

“7个鸡蛋3分钱，太便宜了吧？”二女儿说。

“嗯，”大女儿解释道，“但是7个一组卖完后把剩下的鸡蛋价格涨上去。我观察过，市场上只有我们一家卖鸡蛋的，当货少又有需求的时候，即使涨价也没有人能讲价的，我们可以用剩下的鸡蛋来赚取差额。”

“那剩下的鸡蛋按照什么价格卖呢？”小女儿问。

“按照每个鸡蛋9分钱的价格卖，而且是非常想买的人才卖给他。”

“太贵了。”二女儿反驳说。

“哪里贵？我们最开始卖得很便宜，剩下几个就该卖得贵。”大女儿说。

二女儿和小女儿都同意了。

她们到了市场上，各自坐在自己的位置上，开始以商量好的便宜价格卖鸡蛋。小女儿一共卖了7组鸡蛋，挣了21分钱，最后篮子里还剩下1个鸡蛋。二女儿卖了4组鸡蛋，挣了12分钱，最后篮子里剩下2个鸡蛋。大女儿卖出了1组鸡蛋，挣了3分钱，最后剩下3个鸡蛋。

突然来了一位厨娘，因为主人的儿子们来做客，他们非常喜欢吃鸡蛋，就让厨娘必须买来鸡蛋。厨娘在市场上转了又转，发现市场上只剩下三姐妹的6个鸡蛋：第一个人的篮子里有1个鸡蛋，第二个人的篮子里有2个鸡蛋，第三个人的篮子里有3个鸡蛋。

厨娘先走到大女儿那问：“3个鸡蛋多少钱？”

大女儿回答：“每个鸡蛋9分钱。”

“什么？你疯了吗？”厨娘说。

“你看着办，”大女儿说，“便宜了不卖，这可是最后的鸡蛋了。”

厨娘又去二女儿那问：“2个鸡蛋怎么卖？”

“一口价，每个鸡蛋9分钱。”二女儿说。

厨娘离开了，又走到小女儿那问：“这一个鸡蛋多少钱？”

小女儿回答：“9分钱。”

没办法，物以稀为贵，厨娘不得不以高价买了鸡蛋。

“剩下的所有鸡蛋我都要了。”

厨娘给了大女儿27分钱买下3个鸡蛋，加上之前卖的鸡蛋，大女儿一共挣了30分钱。厨娘花18分钱买下二女儿的2个鸡蛋，二女儿总共挣的刚好也是30分钱。小女儿从厨娘那里挣了9分钱，加上之前卖的21分钱，总共挣的也是30分钱。

三姐妹回到家，每个人都给了妈妈30分钱，并告诉妈妈她们是怎么遵守共同价格，最后使卖掉10个、30个、50个鸡蛋的价钱一样。妈妈很满意女儿们的表现，尤其是大女儿的聪明才智。

看完这个故事，读者可能会好奇：别涅季克托夫的这本手稿到底是一本什么样的书呢？虽然这本书没有名字，但是作者在序言中对本书做了简单的介绍。

算数是一个让人愉快的“游戏”，许多游戏都建立在数字计算的基础上。还有用扑克牌作为道具，参与到数字计算当中的，由此也产生了一些游戏。在解答某些习题的过程中，需要用到庞大的数字，这会激起解题人的好奇心，他们也由此形成了对数字的理解。我们将这些都划为算数的补充部分，要解答这些习题就要开动脑筋，虽然有些习题看起来很荒谬，与常识相违背，但实际上蕴含了一定的算数原理，比如上面讲的《怪题巧解》。

别涅季克托夫的手稿分为20个没有标号的章节，每章都有独立的标题。前几章为《有魔法的正方形》《猜出从1到30中被选定的数字》《猜出暗中安排好的数目》《暗中选中的数字自身被发现》《辨认出被勾掉的数字》等，后面是一些有算数性质的扑克牌游戏，在这之后还有一些有趣的章节如《会施魔法的统帅和算术军队》——借助手指算乘法，并以笑话的形式呈现出来。接下来就是上面讲过的卖鸡蛋的故事，倒数第二章是《不够摆满64格棋盘的小麦》，讲的是关于国际象棋发明人的古老传说。最后，第20章是《居住在地球上的人口数》，讲的是尝试计算在整个人类历史中，地球上居住过的人口数量。

第 8 章　称重中的趣味习题

1. 百万个配件

【题目】一个配件的质量是 89.4 克，100 万个这样的配件重多少吨？

【解答】这是一道简单的计算题，可以分两步进行。

第一步：根据“1 吨＝1 000 千克，1 千克＝1 000 克”得出 89.4 克是 0.0000894 吨。

第二步：因为 100 万个即 1 000 000 个，由此可得：

$$0.0000894\times 1\,000\,000 = 89.4$$

所以 100 万个这样的配件重 89.4 吨。

2. 空罐子的质量

【题目】一罐蜂蜜重 500 克（含罐子的质量），已知用同样的罐子装煤油则重 350 克，同样体积的蜂蜜的质量是煤油的 2 倍，那空罐子的质量是多少克？

【解答】空罐子重 200 克。

因为同样体积的蜂蜜的质量是煤油的 2 倍，所以可以知道罐子和蜂蜜的质量等于 2 份煤油和罐子的质量。已知用同一个罐子装蜂蜜和煤油的质量差是 500－350＝150 克，可以得出装在罐子里的煤油的质量是 150 克。

由此可以得出空罐子的质量为 350－150 ＝ 200 克，而蜂蜜的质量则是

500－200 ＝ 300 克。

3. 圆木的质量

【题目】一根圆木重 30 千克，如果这根原木比现在粗一倍且短一半，那么它重多少千克？

【解答】很多读者通常会认为，圆木直径增加一倍，但是长度减少一半，其质量不变，其实这是错误的。因为在直径增加一倍的情况下，整个圆木的体积是增加了 3 倍，这个时候长度减少一半，体积随之减少一半，所以变粗变短的圆木体积实际增加了 1 倍，也就是说，其质量应该是原来的 2 倍，即 60 千克。

4. 肥皂的质量

【题目】如图 8-1，在天平的一端放一整块肥皂，另一端放着$\frac{3}{4}$块肥皂和$\frac{3}{4}$千克重的砝码，天平达到平衡。

如果不用纸笔，仅用口算，你可以算出整块肥皂的质量是多少吗？

【解答】从题目中可以得出一个关系式：

$$\frac{3}{4}\text{块肥皂质量}+\frac{3}{4}\text{千克}=\text{整块肥皂质量}$$

而整块肥皂的总质量＝$\frac{3}{4}$块肥皂质量＋$\frac{1}{4}$块肥皂质量，也就可以得出$\frac{1}{4}$块肥皂质量是$\frac{3}{4}$千克，整块肥皂的质量是它的 4 倍，即 3 千克。

图 8-1

5. 成猫和幼猫

【题目】从图 8-2 中可以看到，4 只成猫和 3 只幼猫的质量是 15 千克，3 只成猫和 4 只幼猫的质量是 13 千克。每只成猫的质量是一样的，每只幼猫的质量也是一样的，试着用口算法算出每只成猫和每只幼猫分别重多少千克（假设每只成猫的质量相同，每只幼猫的质量相同）。

图 8-2

【解答】不难发现，两次称重是有质量差的，如果用一只幼猫替换一只成猫，总质量就减少了 2 千克，由此得出成猫比幼猫重 2 千克。根据这个关系，把第一次称重的 4 只成猫全部替换成幼猫，质量应该减少 2×4=8 千克，实际的总质量应该是 15−8=7 千克，因而可得知 7 只幼猫的质量就是 7 千克，又因为每只幼猫的质量都一样，所以一只幼猫重 1 千克，而成猫比幼猫重 2 千克，所以得出成猫重 3 千克。

6.1 个梨的质量

【题目】如图 8-3 所示，第一次称重，3 个苹果、1 个梨与 10 个桃子一样重；第二次称重，6 个桃子、1 个苹果与 1 个梨一样重。请问，1 个梨的质量等于几个桃子的质量呢？

图 8-3

【解答】从题目中已经知道 1 个梨的质量等于 6 个桃子加上 1 个苹果的质量，因此在第一次称重时可以用 6 个桃子和 1 个苹果代替 1 个梨，那么天平两端就变成：左边是 4 个苹果和 6 个桃子，右边是 10 个桃子。分别从左右两边拿下 6 个桃子，天平仍然维持平衡，那么可以得出 4 个苹果和 4 个桃子质量相等。所以，1 个苹果的质量等于 1 个桃子的质量。

又因为 6 个桃子加 1 个苹果的质量等于 1 个梨，所以一个梨的质量等于 7 个桃子或 7 个苹果的质量。

7. 杯子的数量

【题目】从图 8-4 中可以看出瓶子、杯子、罐子和盘子有如下关系。

第一次称重：1 个瓶子的质量＋ 1 个杯子的质量＝ 1 个罐子的质量；

第二次称重：1 个瓶子的质量＝ 1 个杯子的质量＋ 1 个盘子的质量；

第三次称重：2 个罐子的质量＝ 3 个盘子的质量。

那么，1 个瓶子的质量等于多少个杯子的质量呢？

图 8-4

【解答】解答这道题的方法有很多，下面给大家展示其中的一种解答方法。

从第一次称重中可以知道：

1 个罐子的质量＝ 1 个瓶子的质量＋ 1 个杯子的质量

那么将第三次称重中的罐子用瓶子和杯子替换，可以得出：

2 个瓶子的质量＋ 2 个杯子的质量＝ 3 个盘子的质量

从第二次称重中知道：

1 个瓶子的质量＝ 1 个杯子的质量＋ 1 个盘子的质量

那么继续用 1 个杯子和 1 个盘子替换 1 个瓶子，得到：

4 个杯子的质量＋ 2 个盘子的质量＝ 3 个盘子的质量

从天平两端分别拿下去 2 个盘子，就可以得到 1 个盘子的质量等于 4 个杯子的质量，那么 1 个瓶子的质量就等于 5 个杯子的质量。

8. 称重砝码和锤子

【题目】将 2 000 克的砂糖分成 10 袋，要求每一袋的质量是 200 克。但是，只有一个 500 克重的砝码和一把 900 克重的锤子，如何利用砝码和锤子称出 10 袋 200 克的砂糖呢？

【解答】将锤子和砝码放在天平两端，然后在放砝码的一端继续放砂糖直到天平平衡，由此可以得出放的砂糖的质量就是 900－500=400 克，按照这个方法可以重复称出 5 份 400 克的砂糖。

想要得到 1 袋 200 克的砂糖只需要将 400 克砂糖均匀分成两份就可以了，此时即使没有 200 克的砝码称重也能轻松办到。把 400 克砂糖分别装在两个袋子里放到天平两端，不断调整两端砂糖的质量直到天平保持平衡。

9. 阿基米德的问题

【题目】阿基米德曾遇到一个关于称重的难题，下面就给大家讲一讲这个故事。

统治者给工匠一定数量的金银，让他制作一个王冠。王冠制作完成后的质量和交给工匠的金银质量一样，但是有人向统治者告密，说工匠贪污了一部分金子，并用银子来代替。统治者很生气，他叫阿基米德叫来鉴定王冠里到底有多少金和银。

阿基米德根据金在水中会“失去”自身质量的$\frac{1}{20}$，银在水中会“失去”自身质量的$\frac{1}{10}$的规律测出了金银的量。

假设王冠是实心的，没有空隙，而且已经知道统治者给了工匠 8 千克金和 2 千克银，阿基米德在水中称得王冠重 9.25 千克，试着根据上面给出的数据，凭借自己的思考，计算一下工匠到底有没有藏金？如果有，藏了多少？

【解答】假设王冠全部是用金子做的，它在水外的质量应该是 $8+2=10$ 千克，而金在水中“失去”自身质量的$\frac{1}{20}$，即“失去”0.5 千克。但实际上皇冠在水中“失去”的质量是 $10-9.25=0.75$ 千克，这意味着皇冠里含有银，银在王冠中所占的数量应该要保证金银皇冠比纯金皇冠在水中“失去”的质量增加了 0.25 千克。

如果用 1 千克银替代纯金皇冠中的 1 千克金，那么金银皇冠在水中“失去”的质量将比原来的纯金皇冠增加 $1\times\left(\frac{1}{10}-\frac{1}{20}\right)=\frac{1}{20}$千克，即 0.05 千克。

因此，为了达到实际增加0.25千克的效果，需要替换的银的量应该是 $0.25 \div 0.05 = 5$ 千克。所以，制成的王冠里实际上有5千克金和5千克银，而不是统治者给的8千克金和2千克银。综上，工匠私藏了3千克金，并用银替换。

第 9 章　钟表里的趣味习题

1.3 块表的时间

【题目】家里有三块表，1 月 1 日这天它们显示的都是正确的时间，但是之后除了第一块表无误差之外，第二块表每一昼夜都会慢 1 分钟，第三块表每一昼夜都会快 1 分钟。如果三块表一直这样走下去，要过多久三块表才能同时显示相同的时间？

【解答】需要经过 720 个昼夜，三块表再次同时显示相同的时间。这段时间里，第二块表慢了 720 分钟，第三块表快了 720 分钟。

2. 校准时间

【题目】我昨天检查了墙上的挂钟和闹钟，并校正了时间。但是挂钟每小时慢 2 分钟，闹钟每小时快 1 分钟。今天挂钟和闹钟的发条停了，挂钟的时间定格在上午 7 点，闹钟的时间定格在上午 8 点。那么我是昨天几点调的时间呢？

【解答】挂钟每小时慢 2 分钟，闹钟每小时快 1 分钟，所以闹钟每小时比挂钟快 3 分钟。发条停住的时候，闹钟比挂钟定格的时间快 1 小时，快的这 1 小时是闹钟在 20 小时内走出来的时间差，即 60 分钟 ÷3 分钟 / 小时＝20 小时，按照闹钟每小时快 1 分钟的速度，其在 20 小时后就比正确时间快

20 分钟。因此，从闹钟定格的 8 点往前数 20 小时又 20 分钟，可以得出调钟的时间是在昨天上午 11 点 40 分。

3. 几点了？

【题目】“去哪里？”

“要赶 6 点的火车。离火车出发还有几分钟？”

“50 分钟前，超过 3 点的分钟数是剩下的时间的 4 倍。”

请问现在几点了？

【解答】题目中有两个时间点，3 点和 6 点，它们之间有 180 分钟，这 180 分钟被 1 个 50 分钟的时段分成 3 部分，且 50 分钟这一时段前的一部分是 50 分钟这一时段后的一部分的 4 倍，也就是把 130 分钟分成 5 份，1 份是 26 分钟，剩下的 4 份共 104 分钟，也就是说，现在是差 26 分钟到 6 点，即 5 点 34 分。

那么 50 分钟前距离 6 点则有 $50+26=76$ 分钟，从 3 点到这个时间经过了 $180-76=104$ 分钟，恰是剩下时间“26 分钟”的 4 倍。

4. 什么时候时针与分针重合？

【题目】午夜零点整，钟表的时针与分针会重合，但你是否注意到这并不是两个指针重合的唯一时刻呢？在零点后的 12 个小时里，它们会有几次重合的情况出现。请问，你能算出所有时针与分针重合的时间吗？

【解答】零点的时候，时针与分针重合。我们知道，时针走一圈需要 12 小时，分针走一圈需要 1 小时，也就是时针移动的速度是分针的$\frac{1}{12}$；那么，在接下来的 1 小时内，时针和分针一定不会重合。1 小时后，时针走完 1 圈的$\frac{1}{12}$，指向数字 1；而分针则走完了一圈，指向数字 12，此时，分针与时针相距$\frac{1}{12}$圈。

很容易能发现，时针虽然比分针走得慢，但是现在它却在分针前面。此时，分针需要赶上时针。如果时针和分针竞赛 1 个小时，那么分针在这段时间里会走 1 圈，而时针则会走$\frac{1}{12}$圈，分针多走$\frac{11}{12}$圈。要想正好赶上时针，则分针还要多走$\frac{1}{12}$圈，这也是时针和分针 1 小时内相差的距离；此时，分针要走的时间实际上是 1 小时的$\frac{1}{11}$。

因此，在 1 点后，时针和分针经过$\frac{1}{11}$小时，也就是$\frac{60}{11}$分钟后重合。

那么下一次重合又会在什么时候呢？

不难算出，再经过 1 小时$\frac{60}{11}$分钟，分针和时针在 2 点$\frac{120}{11}$分重合。再经过 1 小时$\frac{60}{11}$分钟，分针和时针在 3 点$\frac{180}{11}$分重合。

依此类推，可以得出在零点后的 12 小时内，时针与分针重合的次数总共为 11 次，所有重合时间如下所示：

第一次重合：1 点$\frac{60}{11}$分；

第二次重合：2 点$\frac{120}{11}$分；

第三次重合：3 点$\frac{180}{11}$分；

第四次重合：4 点$\frac{240}{11}$分；

第五次重合：5 点$\frac{300}{11}$分；

第六次重合：6 点$\frac{360}{11}$分；

第七次重合：7 点$\frac{420}{11}$分；

第八次重合：8 点$\frac{480}{11}$分；

第九次重合：9 点$\frac{540}{11}$分；

第十次重合：10 点$\frac{600}{11}$分；

第十一次重合：12 点。

5. 什么时候时针与分针指向相反？

【题目】上午 6 点的时候，分针和时针正好指向两个相反的方向。请问，还有其他时间会出现指针指向相反方向的情况吗？

【解答】这道题和前一题的解答方法很相似。从零点时针和分钟重合开始，算一下分针超过时针半圈需要多长时间——此时分针和时针的指向正好相反。

由前一道题可知，1 小时内分针超过时针$\frac{11}{12}$圈，想要超过时针$\frac{1}{2}$圈，所需时间为“$\frac{11}{12} \div \frac{1}{2}$”，即需要走$\frac{6}{11}$小时。就是零点之后，经过$\frac{6}{11}$小时，即$\frac{360}{11}$分钟，分针和时针指向相反。看看钟表上的零点$\frac{360}{11}$分，就会发现事实确实如此。

那么，时针和分针指向相反的时间只有这一个时间点吗？当然不是。每次指针重合后，再经过$\frac{360}{11}$分钟，时针和分针都会再次处于相反的位置。由前面一题我们已经知道，在零点后的 12 小时内分针和时针会重合 11 次，也就是说这 12 小时内指针指向相反方向的次数也是 11 次。前 4 次的具体时间如下：

第一次：12 点$+\frac{360}{11}$分$=$ 12 点$\frac{360}{11}$分；

第二次：1 点$\frac{60}{11}$分$+\frac{360}{11}$分$=$ 1 点$\frac{420}{11}$分；

第三次：2 点$\frac{120}{11}$分$+\frac{360}{11}$分$=$ 2 点$\frac{480}{11}$分；

第四次：3 点$\frac{180}{11}$分$+\frac{360}{11}$分$=$ 3 点$\frac{540}{11}$分。

剩下的 7 次，我们这里就不再一一计算，而是留给大家自己去计算。

6. “6”两侧的时间

【题目】你知道，当表上的时针与分针分别位于数字 6 的两侧，且它们与 6 之间的距离一样时，是几点吗？在零点后的 12 小时内，会出现多少次这样的情况？

【解答】这道题的解答方法与上一道题一样。假设两指针同时指向数字 12，然后时针、分针同时前进，假定分针每小时走动距离为“1”，用 x 表示时针走动的距离，则分针在这段时间内走动的距离就是 $12x$。如果经过的时间不超过 1 小时，那么为了满足“时针与分针分别位于数字 6 的两侧，且它们与 6 之间的距离一样”这个条件，需要分针距离一圈终点的距离与时针距离一圈起点的距离相等，即 $1-12x=x$，解得 $x=\frac{1}{13}$圈。

时针走完$\frac{1}{13}$圈需要$\frac{12}{13}$小时，此时时针指向 12 点$\frac{720}{13}$分。分针走过的时间应该是时针的 12 倍，也就是$\frac{12}{13}$圈，两指针距数字 12 的距离一样，则其距数字 6 的距离也相同。

如前所述，我们知道，接下来的每小时，这种情况均会发生一次。

当指针第二次处于满足条件的位置时，有如下等式成立：

$$2-12x=x$$

$$x=\frac{2}{13}$$

此时，指针指示的时间是 1 点$\frac{660}{13}$分。

当指针第三次处于满足条件的位置时，时针与数字 12 的距离是$\frac{3}{13}$圈，也就是 2 点$\frac{600}{13}$分。依此类推，在零点后的 12 小时内，满足条件的共有 11 个位置，具体时间就由大家去推算吧。

7. 关于“12”的时间

【题目】表盘上分针与时针的距离，刚好是时针与数字 12 的距离，这样的时间在零点后的 12 小时内会出现几次，还是一次也不出现呢？

【解答】如果从零点开始观察，1 个小时内找不到满足条件的时间。因为 1 小时内时针走的距离是分针的$\frac{1}{12}$，所以时针落后分针的距离远远大于满足条件的距离。不管时针与数字 12 之间的距离是多少，时针走动的距离都是这个距离的$\frac{1}{12}$，而不是题目要求的$\frac{1}{2}$（当满足题目条件时，分针在1小时内走动的距离恰为时针走动距离的2倍）。

时间过了1个小时，现在是1点，此时分针指向12，时针指向1，时针在分针前$\frac{1}{12}$圈处。那么满足题目要求的情况会在第二个小时内出现吗？

假设分针每小时走过的距离为“1”，当时针和分针满足题目中的条件时，设时针所在的位置与数字12之间的距离是x，分针走过的距离是时针的12倍，即$12x$。此时有如下等式成立：

$$12x-1=2x$$

$$x=\frac{1}{10}$$

因此得到的答案是：经过1小时12分钟，时针与数字12之间的距离是$\frac{1}{10}$圈；而分针与数字12之间的距离是它的2倍，即$\frac{1}{5}$圈，正好符合题目的要求。

按照上述方法可以找出其他符合条件的位置。

2点的时候，分针指向12，时针指向2，根据上面的推断可以得出：

$$12x-2=2x$$

$$x=\frac{1}{5}$$

其对应的时间就是2点24分。

此时，答案已经很明了了，在零点后的12小时内，一共有10个时刻可以满足题目的要求，即：1点12分，2点24分，3点36分，4点48分，6点，7点12分，8点24分，9点36分，10点48分，12点。

第一眼看上去，12点这个答案似乎是错的。然而12点的时候，时针和分针都与数字12重合，距离都是零，也是满足题目要求的。

8.“12”的相反时间

【题目】仔细观察一下手表，你会发现存在这样的情况：时针超过分针的距离和分针超过数字 12 的距离一样。这与前面的题目描述的情况正好相反。

请问，在零点后的 12 小时内，这种情况都是什么时间发生的？

【解答】有前面的题做铺垫，这道题解答起来并不难。

首先仍旧假设分针每小时走动的距离为“1”，时针所在位置与数字 12 之间的距离为 x，则第一次满足条件的时间等式如下：

$$12x-1=\frac{x}{2}$$

$$x=\frac{2}{23}$$

也就是说，零点后又经过了$\frac{24}{23}$小时，即在 1 点$\frac{60}{23}$分时，指针的位置满足题目要求。实际上，分针应该位于 12 时和$\frac{24}{23}$时之间，即$\frac{12}{23}$时的位置，即分针处于$\frac{1}{23}$圈处，时针处于$\frac{2}{23}$圈处。

第二次满足条件的时间等式如下：

$$12x-2=\frac{x}{2}$$

$$x=\frac{4}{23}$$

此时恰为 2 时$\frac{120}{23}$分。

第三次满足条件的时间是 3 时$\frac{180}{23}$分，依此可推算出其他时间。

综上可知，满足条件的时间在零点后的 12 小时内共有 11 次。

9. 钟敲响的时间

【题目】钟敲响了 3 次，敲的时候经过了 3 秒钟。钟敲响 7 次需要多长时间？

在此先提醒大家，这个问题不像表面看起来那么简单，其中有陷阱。

【解答】看完题目后会不由自主地回答“7 秒”，但是不对。

钟敲响 3 次，中间有 2 次间隔，即第一次和第二次之间，第二次和第三次之间。题目讲钟“敲的时候经过了 3 秒钟”，可以得出 2 次间隔共 3 秒钟，也就是每次间隔$\frac{3}{2}$秒。

由此可以推出，钟敲响7次会出现6次间隔，一共是$\frac{3}{2}\times6=9$秒。所以，钟敲响7次需要9秒时间。

第 10 章　交通中的趣味习题

1. 往返飞行时间

【题目】一架飞机往返 A 市和 B 市，去 B 市时用了 1 小时 20 分钟，回 A 市用了 80 分钟，为什么？

【解答】这是一个有小陷阱的题，是专门为那些粗心大意的读者准备的，掉入这个陷阱的人很多。答案其实很简单，因为 1 小时 20 分钟就等于 80 分钟。

特别是那些经常计算的人，因为习惯了十进制，所以更容易掉入陷阱。当看到“1 小时 20 分”和“80 分钟”时，他们的第一反应就是这两个是不一样的，这道题就是针对这个心理误区设计的。

2. 火车的速度

【题目】当你坐火车的时候，如果你想知道火车的运行速度，是否可以根据车轮的撞击声来判断呢？

【解答】坐火车的时候，人们一定能感受到有节奏的碰撞声，没有任何缓冲能阻止这种碰撞。这是车轮撞击两节铁轨连接位置而产生的，而且传递到了整节车厢。这些碰撞对车厢和铁轨是有害的，但我们可以利用这种碰撞来计算火车的速度。

首先需要数一下在一分钟内会出现几次碰撞，就能知道火车经过了几条铁轨，然后用这个数字乘铁轨的长度，就能得出一分钟内火车行驶的距离。

一根铁轨长约 15 米，用一分钟内数出的撞击数乘 15，再乘 60，再除以 1 000，就能得到火车每小时行驶的千米数。

3. 火车相向出发

【题目】两列火车同时从两个车站相向出发。两车相遇后 1 小时，第一列火车到达终点；两车相遇后 2 小时 15 分，第二列火车到达终点。如果只用心算，你能求出第一列火车的速度是第二列火车的几倍吗？

【解答】读完题目，我们可以分析出一个关系式：快车到达相遇地点走过的路程 ÷ 慢车到达相遇地点走过的路程＝快车速度 ÷ 慢车速度。

同时，我们还能知道，相遇后第一列火车与终点的距离就是第二列火车此前走过的距离，反过来也是一样。换句话说，相遇后第二列火车剩下的路程除以第一列火车剩下的路程，等于第一列火车的速度与第二列火车的速度之比。

假设用 x 表示快车与慢车的速度比，那么就可以得出，从相遇到到达终点，第一列火车所用的时间是第二列火车所用时间的$\frac{1}{x^2}$，由此得出：

$$x^2=\frac{9}{4}$$

$$x=\frac{3}{2}$$

所以，第一列火车的速度是第二列火车的 1.5 倍。

4. 帆船竞赛

【题目】两艘帆船参加竞赛，需要在短时间内往返行驶 24 千米。第一艘船行驶全程的平均速度是 20 千米 / 小时；第二艘船去时的速度是 16 千米 / 小时，返回时的速度是 24 千米 / 小时。

最后，第一艘船获胜。两艘船确实是同时出发的，但是第二艘船去时落后于第一艘船的距离，与返程时领先的距离相等，那么为什么还会落后呢？

【解答】第二艘船之所以落后，是因为它以 24 千米 / 小时的速度行驶的时间少于以 16 千米 / 小时的速度行驶的时间。以 24 千米 / 小时的速度行驶的时间是$\frac{24}{24}$小时，即 1 小时；以 16 千米 / 小时的速度行驶的时间是$\frac{24}{16}$小时，即$\frac{3}{2}$小时，虽然它返回时节省了时间，但是去时浪费的时间比返回时节省的时间要长。

5. 轮船的逆流与顺流

【题目】轮船顺流行驶的速度是 20 千米 / 小时，逆流行驶的速度是 15 千米 / 小时。从 A 码头行驶到 B 码头，去时用的时间比返程时少 5 小时。

请问，你可以算出两个码头之间的距离是多少吗？

【解答】从轮船顺流和逆流行驶的速度可以得出轮船顺流行驶 1 千米需要 3 分钟，逆流行驶 1 千米需要 4 分钟，那么顺流时轮船每行驶 1 千米就节省 1 分钟，因为全程省了 5 小时，也就是 300 分钟，那么两个码头之间的距离就是 300 千米。

第 11 章 意想不到的数学计算

1. 一杯豌豆有多长

【题目】豌豆和杯子都很常见，而且人们几乎每天都会用到杯子，它们的尺寸你一定不陌生。想象一下，装满一杯子豌豆，然后用线将豌豆都穿起来，像一条项链那样。如果把穿豌豆的线拉直，长度大约是多少？

【解答】这道题比较难目测出来，还是计算一下吧。

豌豆的直径约 0.5 厘米，1 立方厘米的容器内能放不少于 $2\times2\times2=8$ 颗豌豆，如果装得比较密实，还能放得更多。那么，在容量是 250 立方厘米的杯子中，可以放豌豆的数量不少于 $8\times250=2\,000$ 颗。将这些豌豆用线穿起来，长度约 $0.5\times2\,000=1\,000$ 厘米，即 10 米。

2. 水多还是啤酒多

【题目】第一个瓶子里有 1 升啤酒，第二个瓶子里有 1 升水。从第一个瓶子中往第二个瓶子里倒 1 匙啤酒，然后再从第二个瓶子中往第一个瓶子里倒 1 匙水酒混合液体。

比较一下，是第一个瓶子里的水更多还是第二个瓶子里的啤酒多（假设第一次倒完后，水酒混合均匀）？

【解答】解题的时候有一个关键点要注意：来回倒过两次之后，瓶子里的液体的体积是不变的，否则很容易弄错。假设在互倒后，第二个瓶子里有 n 立方厘米啤酒，也就是 $1\,000 - n$ 立方厘米水。那么少的 n 立方厘米的水去哪里了？显然，应该在第一个瓶子里。也就是说，两次倒完后，水里面的啤酒和啤酒里面的水一样多。

3. 赌骰子

【题目】如图 11-1 所示，有一个骰子，六个面上分别标着 1 ～ 6 个圆点。彼得打赌，掷 4 次骰子后有且仅有一次掷出的结果是 1 点。弗拉基米尔认为，投掷 4 次的结果中，1 点要么不出现，要么就出现两次或两次以上。请问，两个人谁赢的可能性更高？

图 11-1

【解答】投掷 4 次可能出现的结果有 $6\times6\times6\times6 = 1\,296$ 种。假设第 1 次掷出的是 1 点，如果彼得想赢，那么剩下的 3 次投掷都不能再掷出 1 点，所有可能的结果共计 $5\times5\times5 = 125$ 种。如果 1 点出现在第 2 次或者第 3 次或者第 4 次，每次彼得会赢的投掷结果也是 125 种。

所以，在 4 次投掷中，1 点只出现 1 次的所有可能共计 $125 + 125 + 125 + 125 = 500$ 种。而彼得会输的所有可能结果共计 $1\,296-500 = 796$ 种。

由此可以看出，弗拉基米尔赢的可能性比彼得高。

4. 法国锁

【题目】法国锁早在 1865 年就已闻名于世，但是很少有人知道它的内在结构。因此，有人认为可能存在很多不同样式的法国锁和与其匹配的钥匙。其实，只要了解了法国锁的精妙结构，就能搞懂它多样化的可能性。

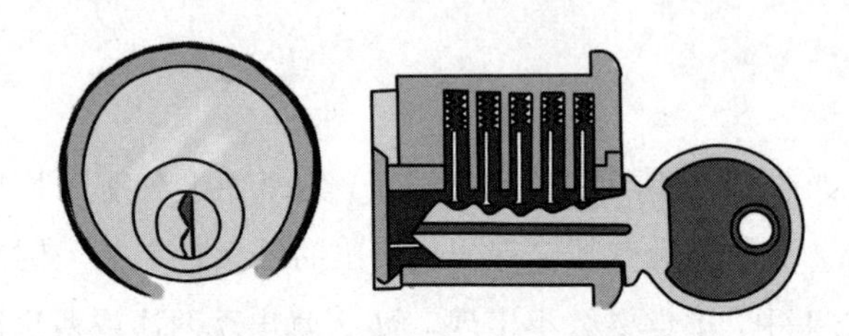

图 11-2

图 11-2 中，左侧是法国锁正面的样子。这里顺便说一下，为什么这些锁和钥匙上面都有“YALE”这个标识。因为所谓的“法国锁”的故乡是美国，它的发明者是美国人雅勒，所以有“YALE”的标识。

继续看图，你会发现锁孔的周围有一个不大的圆圈，这是锁的中轴所穿过的部分，开锁就是要转动这个轴，这也是开锁的难点。因为这个轴被五个短的钢制轴心固定在一个位置，见图 11-2 右侧。每一个轴心都被分成了两个部分，只有当轴心的切口与中轴吻合，中轴才能被转动。

只有用正确的钥匙插入锁孔，轴心才能处于正确的位置，转动钥匙时轴心才可能处于将锁打开的唯一位置。

现在可以确定，能用多少种方法将轴心分成两部分，就有多少种法国锁，虽然方法不是无穷无尽的，但确实有很多种。

试着计算一下，如果只用 10 种方法将轴心分成两部分，能制作出多少种法国锁？

【解答】可以制成不同锁的种类是 $10\times10\times10\times10\times10=100\,000$ 种，每一种锁都有与其相配的唯一能打开锁的钥匙。

5. 拼接肖像的谜题

【题目】在一张纸上画两个人物肖像，如图 11-3 所示，然后将其剪成 9 部分。再准备几张画着脸上不同部位的纸条，但是要求相邻的两张纸条就算来自不同的肖像，也可以很好地拼成一张完整的人脸。如果你为脸上的不同部位分别准备了 4 张纸条，那么一共就有 36 张纸条，将不同部位的 9 张纸条拼在一起可以组成一幅肖像。

图 11-3

在商店里能买到类似的玩具（如图 11-4 所示）来拼接肖像，售货员会告诉你用 36 张纸条能组成上千种不同的肖像，你觉得对吗？

图 11-4

【解答】确实可以拼成上千种肖像，可以用下面的方法计算。

先用Ⅰ、Ⅱ、Ⅲ、Ⅳ、Ⅴ、Ⅵ、Ⅶ、Ⅷ、Ⅸ指代肖像的 9 个部分，再给每个部分的 4 张纸条标上 1、2、3、4。

第Ⅰ部分的 4 张纸条可以表示为Ⅰ-1，Ⅰ-2，Ⅰ-3，Ⅰ-4。纸条Ⅰ-1 可以与第Ⅱ部分组合成“Ⅰ-1，Ⅱ-1”“Ⅰ-1，Ⅱ-2”“Ⅰ-1，Ⅱ-3”“Ⅰ-1，

Ⅱ-4”4 种组合。同理，Ⅰ-2，Ⅰ-3，Ⅰ-4 与第Ⅱ部分搭配的组合分别有 4 种，那么此时一共就有 4×4 = 16 种组合。

这 16 种搭配中的每一种都有 4 种方法与第Ⅲ部分搭配，于是前三部分的搭配就有 16×4 = 64 种。

依此类推，Ⅰ、Ⅱ、Ⅲ、Ⅳ的搭配方法一共有 64×4 = 256 种；Ⅰ、Ⅱ、Ⅲ、Ⅳ、Ⅴ的搭配方法一共有 256×4 = 1 024 种；Ⅰ、Ⅱ、Ⅲ、Ⅳ、Ⅴ、Ⅵ的搭配方法一共有 1 024×4 = 4 096 种，等等。最后，所有部分搭配在一起组成肖像的方法一共有 4×4×4×4×4×4×4×4×4 = 262 144 种。可见，用纸条组成的肖像数远不止上千，而是超过二十万。

莫诺马赫在的《训诫》中对世人的脸庞都是独一无二的这点感到惊奇，这道题恰好给出了解释。我们已经验证过，如果一个人的脸由 9 部分的特征来区分，每个部分有 4 种类型，那么会有超过二十万张不同的脸。实际上，人的脸部特征远多于 9 部分，每部分也不止 4 种类型。假设脸上有 20 个特征，每个特征有 10 种类型，那么就会出现 10×10×10×……×10（20 个 10 相乘），即 10^{20} 张不同的脸。

这个数量比地球上的人口数量还要多很多。

6. 可以包住房子的树叶

【题目】从古老的椴树上摘下所有的树叶，并将它们无缝隙地摆成一排。请问，这样一排叶子的长度能不能包围一栋大房子？

【解答】这样一排叶子大约有 12 千米长，不只是一栋房子，就是一座小城市也能包围起来。

假设这棵老椴树上有 25 万片叶子，每片叶子宽 5 厘米，所有叶子排成一排的长度就是 1 250 000 厘米，即 12. 5 千米。

7.100 万步有多长

【题目】你应该能估算出自己一步的长度，也一定知道 100 万是多少，那么回答这道题就不难了。请问，100 万步能走多远？比 10 千米长还是短？

【解答】走 100 万步的距离不仅比 10 千米长，甚至比 100 千米还要长。如果一步的长度是 0.75 米，那么 100 万步的长度就是 750 千米。从莫斯科到圣彼得堡的距离是 640 千米，如果你从莫斯科走 100 万步，走到的终点还在圣彼得堡之外。

8. 小立方体的高度

【题目】学校里的老师提了一个问题：用体积为 1 立方毫米的小立方体能组成一个体积为 1 立方米的大立方体，如果将这些小立方体逐个垒在一起堆成一根柱子，会有多高？

一个学生大声回答："比高 300 米的埃菲尔铁塔还高。"

"比高 5 000 米的勃朗峰还高。"另一个同学回答。

这两位同学的答案正确吗？

【解答】这两位同学的答案都不准确，因为这根柱子比世界上最高的山还高 100 倍以上。

1 立方米＝1 000 毫米 ×1 000 毫米 ×1 000 毫米

也就是说将 10 亿个小立方体一个叠一个地垒起来，组成的柱子高度就是 1 000 000 000 毫米，也就是 1 000 000 米，即 1 000 千米。

第12章 不好办的事

1. 老师和学生的诉讼

【题目】下面讲一个发生在古希腊的故事。普罗泰戈拉是一位老师，也是一位诡辩家，他收了年轻的欧提勒士当学生，传授法律知识。师生二人签订了一份合同，欧提勒士打赢第一场官司之后再付给老师学费。

普罗泰戈拉等着收学费，但是欧提勒士学完全部课程后，却并不着急去打官司，这可怎么办呢？为了追讨学费，普罗泰戈拉就把欧提勒士告上了法庭。普罗泰戈拉想的是：如果他作为原告打赢了官司，法官会判学生付钱给他；如果他输了官司，那么他的学生作为被告就赢了，按照之前二人签订的合同，学生应该在打赢第一场官司后付给他学费。

但是得到了老师真传的欧提勒士却认为老师的官司是绝对打不赢的，他的逻辑是这样的：如果他输了官司被判付钱，那么按照师生二人签订的合同，他是不用付给老师学费的；如果他赢了官司，按照法院判决他也不必付给老师钱了。

审判当天，法官为难了，经过冥思苦想后，终于想出了破解之道，做出了判决，在不破坏师生二人签订的合同的前提下，让普罗泰戈拉拿到了欧提勒士的学费。

你知道法官是怎么做到的吗？

【解答】法官是这样判决的：让普罗泰戈拉放弃该次起诉，但是给了普罗泰戈拉第二次提起诉讼的权利。这样，欧提勒士在他的第一场诉讼中赢得了胜利。第二场官司，法官毫不犹豫地判定普罗泰戈拉赢了。

2. 遗产难题

【题目】这也是一道古老的题目，古罗马时期的律师们总爱互相出这个难题。

一个寡妇要和即将出世的孩子分配丈夫留下的遗产——3 500 个金币。古罗马的法律有规定：如果生的是儿子，母亲可以分得的份额是儿子的一半；如果生的是女儿，母亲分得的遗产是女儿的两倍。

那么，如果寡妇生了一对龙凤胎，也就是一个儿子和一个女儿，按照法律规定该如何分配遗产呢？

【解答】寡妇分到 1 000 个金币，儿子分到 2 000 个金币，女儿分到 500 个金币。寡妇分到的钱是儿子的一半，同时也是女儿的 2 倍。

3. 倒牛奶

【题目】一个容积 4 升的罐子里装满了牛奶，要平分给 2 个人，但是只有容积 2. 5 升和容积 1. 5 升的 2 个空罐子。如何只借助这 3 个罐子平分 4 升牛奶呢？当然，一定需要把牛奶在这 3 个罐子之间倒来倒去，应该怎么倒呢？

【解答】需要在 3 个罐子之间来回倒 7 次，具体方法见表 12-1。

表 12-1　倒牛奶　　单位：升

项目	4 升罐子的量	1.5 升罐子的量	2.5 升罐子的量
第 1 次倒	1.5	0	2.5
第 2 次倒	1.5	1.5	1
第 3 次倒	3	0	1
第 4 次倒	3	1	0
第 5 次倒	0.5	1	2.5
第 6 次倒	0.5	1.5	2
第 7 次倒	2	0	2

4. 蜡烛烧了多久

【题目】屋里的灯突然灭了，是保险丝断了。我拿出 2 根备用蜡烛放在桌上，保险丝没修好之前，我只好借着烛光工作了。

第二天，我想知道自己在烛光下工作了多长时间。但是我没注意断电的时间，也不知道几点来的电，更不知道蜡烛原来的长度。我只记得 2 根蜡烛都是第一次用，虽然粗细不同但是长度一样，其中粗的那根全部烧完需要 5 个小时，细的那根烧完需要 4 个小时。烧剩下的蜡烛头被家里人扔了，也找不到了。

“蜡烛头就剩一点点了，那么小没必要留着了。”家里人解释说。

“那你还记得蜡烛头有多长吗？”

“不一样长，我记得其中一根是另外一根的 4 倍。”

我就知道这些了，只能利用这些信息来计算蜡烛燃烧的时间。

如果是你的话，要怎么解答这个题呢？

【解答】可以列一个简单的方程式来解决这道题。

设蜡烛长为“1”，共燃烧了 x 个小时，则粗蜡烛每小时燃烧的长度是 $\frac{1}{5}$，细蜡烛每小时燃烧的长度是 $\frac{1}{4}$。已知，粗蜡烛头长 $1-\frac{x}{5}$，细蜡烛头长 $1-\frac{x}{4}$，剩下的细蜡烛头长度的 4 倍等于粗蜡烛头的长度，则可得出：

$$4\left(1-\frac{x}{4}\right)=1-\frac{x}{5}$$

解方程式，可以得出：

$$x=3\frac{3}{4}$$

也就是说，蜡烛燃烧了 3 小时 45 分，即我在烛光下工作的时间。

5. 侦察兵过河

【题目】有一次，3 名侦察兵步行来到一条河边，他们要去河对岸，但是河上没有桥，他们又都不会游泳。正好有 2 个小男孩在河上划船，他们愿意帮助 3 名侦察兵过河。但是船太小了，每次只能承载 1 名侦察兵的重量，

1 名侦察兵和 1 个小男孩一起上船都不行，否则就有沉船的风险。

如果侦察兵自己划船过河了，那就不能把船再还给对岸的孩子了。但最后 3 名侦察兵不仅顺利过了河，还把小船还给了 2 个小男孩。

他们是怎么做到的呢？

【解答】必须要按照下面的方法运送 6 次才行。

第 1 次：2 个小男孩先划到对岸，留下 1 个小男孩，另外一个再划船回到侦察兵所在的岸边。

第 2 次：划船的小男孩留在岸上，第 1 名士兵上船划到对岸，之前留在岸上的小男孩划船返回。

第 3 次：2 个小男孩一起划船到对岸，其中一人再划船返回。

第 4 次：第 2 名侦察兵划船到对岸，1 个小男孩划船返回。

第 5 次：同第 3 次。

第 6 次：第 3 名侦察兵划船到对岸后把船交给小男孩，小男孩划船回去。

这样，3 名侦察兵都到了河对岸，2 个小男孩也能继续在河上划船了。

6.100 个坚果

【题目】100 个坚果要分给 25 个人，每个人分到的坚果数量都不能是偶数，你能做到吗？

【解答】很多人一开始就去找所有可能的组合实验，但是他们的努力注定是无用的。你只要仔细想想，就能明白这道题是没有答案的。

如果 25 个奇数相加能得 100 的话，那么就是奇数个奇数相加得到一个偶数——100，这是不可能的。

我们可以列出 12 组奇数（每组含 2 个奇数）和 1 个奇数，每一组奇数相加都能得到 1 个偶数，12 个偶数相加的和必然也是 1 个偶数。再将这个和加上 1 个奇数，结果一定是奇数。所以 100 是不可能分成 25 个奇数的。

7. 分粥

【题目】两个好朋友煮粥，其中一个人往锅里放了 300 克米，另一个人往锅里放了 200 克米。粥煮好了，两个人正准备吃，一位邻居过来跟他们一起吃。邻居留下了 50 戈比作为粥钱。

请问，两个朋友要怎么分这些粥钱呢？

【解答】大多数人都觉得应该这样分：放 200 克米的人分 20 戈比，放 300 克米的人分 30 戈比。但是这样分是错误的。应该这样分：分 10 戈比给加 200 克米的人，分 40 戈比给加 300 克米的人。

推理如下：邻居留下的 50 戈比是支付自己一个人吃的那份粥的，但是粥是 3 个人一起吃的，所以此时可假定 500 克米的价值就是 $50\times3=150$ 戈比，因此 100 克米的价值就是 $150\div5=30$ 戈比。这样就可以得出，放 200 克米的人相当于拿出了 $30\times2=60$ 戈比，他自己吃掉了 50 戈比的粥，所以他应该分到的钱是 $60-50=10$ 戈比。

而放 300 克米的人，相当于拿出了 $30\times3=90$ 戈比，他自己吃掉了 50 戈比的粥，所以他应该分到的钱是 $90-50=40$ 戈比。

8. 分苹果

【题目】12 名少先队员平分 9 个苹果，要保证所分的每个苹果最多被切成 4 份，请问该怎么分？这道题看上去很难解决，但是利用分数就能轻松解决。

解决了上面的问题，类似的问题就都能轻松解答出来了，如把 7 个苹果平分给 12 个小朋友，每个苹果最多分 4 份，苹果又该怎么分？

【解答】12 名少先队员平分 9 个苹果，而且每个苹果最多分 4 份，完全是可以做到的。

按照这样的方法分：先把其中 6 个苹果均分成 12 份，每份$\frac{1}{2}$个苹果；然后把剩下的 3 个苹果均分成 12 份，每份$\frac{1}{4}$个苹果；最后将这些苹果均分给 12 个少先队员，每个人分别得到$\frac{1}{2}+\frac{1}{4}=\frac{3}{4}$个苹果。

用类似的方法可以把 7 个苹果分给 12 个小朋友，而且保证每一个苹果都分成 4 份。我们先把 3 个苹果均分成 12 份，每份$\frac{1}{3}$个苹果；再把剩下的 4 个苹果均分成 12 份，每份$\frac{1}{4}$个苹果；最后将所有苹果均分给小朋友，每个人都能分到$\frac{7}{12}$个苹果。

【题目】有一天，有 6 个小朋友来看米沙，米沙的爸爸请这几位小朋友吃苹果。但是只有 5 个苹果了，他想让每个小朋友都能吃到苹果，又不想让任何一个小朋友难堪，要怎么办呢？肯定要把苹果切开，但是又不能切太小，所以米沙的爸爸决定把一个苹果最多切成 3 份。

问题就是：6 个小朋友平分 5 个苹果，每个苹果最多被切成 3 份，米沙的爸爸要怎么做呢？

【解答】按照这种方法分苹果：先把 3 个苹果每个切成两半，就得到 6 份$\frac{1}{2}$个苹果，把这些分给小朋友们吃。再把剩下的 2 个苹果，每个切成 3 份，就得到了 6 份$\frac{1}{3}$个苹果，也可以分给每个小朋友 1 份。

第 13 章 《格列佛游记》中的奇怪问题

《格列佛游记》中那些描写格列佛在小人国和大人国的冒险经历，让人印象格外深刻。小人国的一切，包括人、动物、植物等的高度、宽度和厚度，都是我们的$\frac{1}{12}$，而在大人国刚好相反，事物的尺寸都是我们的 12 倍。为什么作者偏偏要选择 12 这个数字呢？如果我们知道在英国的单位体制中，英尺和英寸的比正好是 12，就很好理解了，因为《格列佛游记》的作者正好是英国人。

大人国和小人国里的环境和我们熟悉的环境有着天壤之别。这些差别让人非常吃惊，同时也是我们获得一些复杂难题的素材库，下面就向读者介绍 9 个类似的难题。

趣味小知识：

《格列佛游记》是乔纳森·斯威夫特写的小说。小说的主人公格列佛是一个酷爱航海旅行的英国人，年轻时学医，后来在海轮上担任外科医生，多次环游世界，到过许多地方，有过不少的奇遇。最值得称道的是格列佛到小人国、大人国、飞岛国、慧骃国的四次游历。

1. 格列佛的“超级食量”

【题目】小人国给格列佛定下的食物标准是“每天可以得到足以维持我国 1 728 名国民生活的肉类和饮料”。

书中还提到格列佛在小人国就餐时的情景，大意如下：

有 300 位厨师为我做饭，他们带着家人住在我房子附近舒适的小茅屋里。吃饭的时候，我就用手拿起 20 名服务员放在桌子上为我服务，地面上还有 100 名服务员忙碌着，他们有的捧着一盘盘肉，有的肩膀上扛着一桶桶葡萄酒。如果我要吃东西，站在桌子上的服务员就会利用绳子和滑轮把食物拉到桌子上。

格列佛的身高不过是小人国国民的 12 倍而已，小人国国民依据什么给格列佛定了这么一大份食物呢？而且他一个人吃饭为什么需要这么多人服务？从格列佛和小人国国民的身高差距来看，这份食物够格列佛吃吗？

【解答】格列佛的食物确实需要那么多。别忘了，小人国国民的外形和普通人一样，虽然比正常人小，但是身体各部位的比例是一样的。因此小人国国民的身高、宽窄、厚薄都是我们的$\frac{1}{12}$，从体积上看，他们的身体就应该是格列佛的$\frac{1}{1\,728}$。所以，要养活格列佛这样的“巨人”，肯定要给予更多的食物。这也是他们要给格列佛“足以维持我国 1 728 名国民生活”的食物的原因。

现在我们明白格列佛为什么需要上百位厨师为他服务了。如果一个小人国厨师做出的饭够 6 个小人国国民吃，显然就需要 300 位小人国厨师才能做出足够 1 728 个小人国国民吃的饭。小人国国民把食物送到像格列佛一样高的桌子上，相当于送到三层楼房那么高的位置，这确实需要很多人才能办到。

2. 格列佛的“超级大床”

【题目】如果你读《格列佛游记》，会读到描述小人国国民为“巨人”客人铺床的文字，大意如下：

他们用车将600张普通尺寸的褥子运到我住的卧室，然后裁缝们在卧室里开始工作了。他们把每150条褥子缝在一起，给我做成一张长宽都适合我的床垫。其余的也按照这个标准缝好，铺上4层，但我仍然感觉睡这种床垫跟睡地板并无差别——一样硬。

为什么格列佛睡4层床垫还觉得硬呢？

文中给出的数值都合理吗？

【解答】文中给出的数值完全正确。小人国国民的身高是我们的$\frac{1}{12}$，因此按比例，床的面积就是我们床的面积的$\frac{1}{144}$。对格列佛来说，144床小人国的褥子就可以了。小人国褥子的厚度也是我们褥子厚度的$\frac{1}{12}$，所以这样的4床褥子叠在一起也只能达到我们褥子厚度的$\frac{1}{3}$，构不成一个“软床垫”。这下，我们就能理解格列佛的感受了。

3. 大酒桶和水桶

【题目】书中还记载了格列佛在小人国喝水的经历，大意如下：

吃饱了之后，我用手示意想要喝水，他们非常迅速地吊起了一个大酒桶，然后将其滚到我手边，我打开桶盖一口气喝完。又要了一桶，我又一口气喝完，再要的时候他们却无法供应了。

书中的其他地方，格列佛还提到小人国使用的水桶“只有顶针箍那么大”。这样大小的酒桶和水桶真的存在于这个所有东西的尺寸都是我们正常尺寸的$\frac{1}{12}$的国家吗？

【解答】如果小人国使用的大酒桶、水桶和我们用的是一样形状的话，那么他们使用的酒桶和水桶的体积就是我们的$\frac{1}{1\,728}$。

已知我们的水桶可以装60杯水，那么小人国的水桶就只能装$\frac{60}{1\,728}$杯，即$\frac{1}{30}$杯水，大概只有一茶匙那么多。这样看来，小人国的水桶确实比一个顶针箍大不了多少。

如果小人国的 1 个大酒桶体积相当于 10 个水桶，那么 1 个大酒桶也不过能装不到$\frac{1}{2}$杯水的量而已，格列佛喝完两酒桶水还不解渴，也不足为奇了。

4. 格列佛与 1 500 匹马

【题目】格列佛在小人国的时候讲道：“他们派了 1 500 匹最大的马来把我运进首都（图 13-1）。”就算我们知道格列佛和小人国的马之间的大小比例，也会觉得用一千多匹马把他运走实在太多了点吧？

格列佛还说：“我走的时候，很轻松地就把小人国的母牛、公牛、羊装到口袋里带走了。”你觉得这可能吗？

【解答】格列佛的体积是小人国国民体积的 1 728 倍，当然他的重量也是小人国国民的 1 728 倍。小人国国民运送格列佛就像运送 1 728 个小人国国民一样困难。从这一点来看，我们就能理解为什么需要那么多匹马来运送格列佛了。

图 13-1

那么，小人国中动物的体积是我们世界动物体积的$\frac{1}{1\,728}$，重量也是如此。我们的一头母牛一般高 1.5 米，重 400 千克，按照比例换算下就能知道，小人国的一头母牛大约高 12 厘米，重$\frac{400}{1\,728}$千克，还不到$\frac{1}{4}$千克。显然，我们的口袋装一头这样袖珍的牛完全没问题。《格列佛游记》也提到了小人国其他事物的大小，大意如下：

> “小人国最大的马和公牛也不过高四五英寸，绵羊高大约一英寸半，”格列佛肯定地说，“鹅只有我们麻雀那么大……小人国的一些小动物小到我都看不见。有一次，我看见一位厨师在处理一只云雀的内脏，那云雀就像我们的苍蝇那么大。还有一次，一个姑娘在我面前穿针引线，但是我根本看不见那根针和那条线。”

5.300 个裁缝给格列佛做衣服

【题目】小人国国王命令 300 个裁缝按照当地的服装样式为格列佛缝制 1 件外套（如图 13-2 所示）。

格列佛的身高不过是小人国国民身高的 12 倍，需要这么多裁缝为他缝 1 件外套吗？

图 13-2

【解答】缝 1 件外套需要参考的是身体的表面积，格列佛身体的表面积约为小人国国民身体表面积的 12×12 = 144 倍。这样的话，差不多要用给 144 个小人国国民做外套的布料才能给格列佛做 1 件外套，相应地也需要花费差不多做 144 件外套的时间。

如果 1 个裁缝做 1 件外套需要 2 天时间，那么为了在 1 天内缝完 144 件外套——也就是给格列佛缝制 1 件外套——确实就差不多需要 300 个裁缝了。

6. 巨人国的苹果和坚果

【题目】格列佛在巨人国游记中写到，有一次，王宫的矮子带我到花园里游玩。我刚好走到一棵苹果树下的时候，矮子看准时机摇晃起树来，在我头顶上，像酒桶那么硕大的苹果噼里啪啦地掉了下来（图 13-3），然后我被一个苹果砸倒在地……还有一次，一个调皮的中学生朝我扔了一个坚果，幸好没有打到我，他扔得那么用力，我要是被打到一定会头骨碎裂，因为那个坚果有我们的南瓜那么大。

你觉得巨人国里的苹果和坚果会有多重呢？

图 13-3

【解答】我们世界的一个普通苹果一般重 100 克，而巨人国里所有的东西都是我们的 1 728 倍，按照这个比例一算，巨人国的苹果一个就重达 172.8 千克。如果有人被这样的苹果砸到，恐怕难逃一死，而格列佛却没受什么伤，作者显然是有欠考量了。

如果把我们常见的核桃重量计为 2 克，那么巨人国的核桃就有三四千克重，直径会有 10 厘米。如果把这样一个核桃扔出去，毫无疑问，砸到人头上会把头打烂。书中还写到，巨人国普通的冰雹都能把他砸趴下，“冰雹像砸来一阵网球似的，狠狠地打在我的背上、肋部，打在全身上”。巨人国的每个冰雹约重 1 千克，所以，格列佛说得并不夸张。

7. 巨人的戒指有多重

【题目】格列佛从巨人国带出的物品中有一个王后送的金戒指，“她仁慈地从小拇指上取下戒指，像一个项圈一样套在我的头上。”格列佛说。

巨人的戒指对格列佛来说有可能像一个项圈一样吗？这个戒指会有多重呢？

【解答】一个正常身材的人，小拇指的直径大约是 1.5 厘米，将其乘以 12 可得到巨人小拇指的直径约为 18 厘米。由此可以得出这个戒指的周长约为 56 厘米。

量一下我们头部最宽处的头围，就可以知道 56 厘米周长的戒指完全可以从我们头上套进去。

戒指的质量可以这样算：我们的戒指一般重 5 克左右，那么巨人戒指的质量也就是我们戒指质量的 1 728 倍，即约 8.6 千克。

8. 夸张的巨人书

【题目】书中记录了格列佛阅读巨人国的书的情景，大意如下：

我可以在图书馆自由借阅图书，但是需要一套特定的设备才行。木匠为我建造了一架可以移动的木梯。木梯高25英尺，每一层的踏板长50英寸。如果我想借阅图书，他们就在离墙10英尺远的位置，帮我架好梯子，踏板对着墙，书靠墙壁打开。我先爬到梯子的最高层，从书的第一行开始读，按照书中每行字的长度，需要走动八九步。随着我不断地读下去，视线也越来越低，这样我就要走到第二层踏板上，直到走到最底层。读第二页时，要重新爬到顶层，按照上面的方法读下去。

请问，上述所讲的这些是否合理？

【解答】以现在一本书的尺寸（如长25厘米、宽12厘米）来看，格列佛对他在巨人国看到的书的描述有些夸张了。读一本长约3米、宽约1.5米的书可以不借助梯子，看一行也不需要走动八九步。但是18世纪初的时候，普通书的尺寸要比现在的书大得多。例如彼得一世时期出版的马格尼茨基的《算术》，就是一本长约30厘米，宽约20厘米的书。如果是巨人阅读的书，就要把这本书的尺寸放大12倍，也就是长360厘米（3.6米）、宽240厘米（2.4米），读这样一本书确实需要梯子。

9. 巨人的衣领

【题目】这是本章的最后一道题了，我们就不再介绍格列佛对自己冒险经历的描述了。

你知道吗？衣领的尺寸其实指的是我们脖子的周长。如果你的脖子周长是38厘米，那么你就应该选衣领尺寸是38号的，要是选的比这个号小，穿的时候就会觉得领子紧；要是选的比这个号大，穿的时候就显得松。成年人脖子的平均周长是40厘米。

如果格列佛想要从伦敦给巨人国的巨人定做一批衣领，那么应该定多大号的呢？

【解答】巨人脖子的周长应该是普通人的12倍，那么巨人的衣领的周长也应该是普通人衣领周长的12倍。假设一个普通人的衣领尺寸是40号，那么巨人的衣领尺寸就应该是480号。

作者斯威夫特在《格列佛游记》中叙述的数据大都是精心计算过的，他在文中对所有物体的描述大体是符合几何学原理的。

第 14 章　益智游戏

1. 阿伦斯故事题

【题目】德国数学家阿伦斯讲了一个关于装有 15 个有编号的滑块的盒子的有趣故事。

大约在 19 世纪 70 年代，美国兴起了一个名叫“重排 15”的游戏，依靠无数的热心玩家，这个游戏迅速泛滥成为一种社会“灾难”。

这场“灾难”也波及大洋彼岸的欧洲，车厢里的乘客们大多拿着装有 15 个滑块的盒子。办公室主管和商店经理对下属整天沉迷于这个游戏忍无可忍，只好强行要求员工在上班和营业时间内禁止玩这个游戏。但是娱乐机构的老板们却抓住了人们的这个癖好，迅速举办了多场大型的游戏竞赛。这个游戏甚至进入了严肃的德国国会大厦，当时的国会议员、地理学家和数学家甘特·格蒙德在回忆如瘟疫般流行开来的游戏时说：“正如我们看到的，就连头发花白的老人都沉迷在自己手里的盒子。”

在巴黎，这个游戏沿着太阳底下的林荫道迅速从首都蔓延到各个地方。当时一个法国人这样写道：“这个游戏就像一只最会经营和潜藏的蜘蛛，哪怕在偏僻农村的小屋里，都有它布下的等猎物投入的罗网。”

19 世纪末，人们对这个游戏的狂热达到了顶峰，但是之后不久，这个“灾难”被数学家战胜了。因为数学家告诉狂热的人们一个道理：在浩瀚的题海中，不是所有的题都能解的，有一些题就算是数学天才也解不出来。这也是为什么“重排 15”这个游戏能激起人们旷日持久的热情，为什么竞赛组织者敢拿出巨额奖赏求解答。在这一点上，游戏的发明者——塞缪尔·劳埃德，比其他人要高明得多，他曾经建议纽约报纸的出版商在周末的报纸中刊印出一个无解的游戏题，并悬赏 1 000 美金求解。

图 14−1

塞缪尔·劳埃德因为想出了这个绝妙的难题和很多类似的难题而名声大噪，但是他在美国并没能成功获得这个游戏的专利证书。因为按照法律规定，他应该提供“工作模型”以便制作更多的样品。当专利局的人问他这个游戏是否一定能解答时，他回答说：“不能，有些题目在数学上是解答不出来的。”“如果是这样的话，”专利局的官员说，“那工作模型也不会有，没有模型是拿不到专利的。”劳埃德对这个结果并无异议，但是如果他能预见到这个游戏日后会取得如此轰动的成功，他会更加坚持得到专利的。

下面我给大家讲讲塞缪尔·劳埃德本人在传记中对这件事的一些记载，大意如下：

那些文明国家里，一些年长的人会记得在 19 世纪 70 年代初，我是如何让全世界的人疯狂着迷于一个装有滑块的盒子，后来这个游戏以“重排 15”的名字著名于世。15 个滑块按顺序摆放在盒子里，只有滑块 14 和 15 的位置是相反的。问题就是如何纠正滑块 14 和 15 的位置，重新把滑块都排列到正确的位置上。

虽然所有人都绞尽脑汁地试图解答这道题，但是谁也没有得到那 1 000 美元的赏金。每个人都努力想找到答案，因为每个人都信心满满地觉得自己一定能找到答案。当时还出现了很多搞笑的事情，比如售货员沉迷解题忘了打开店门，邮局的一个官员整晚都在路灯下解答这个题，领航员把轮船领上了浅滩，火车司机把火车开过了站，农民扔下了自己的犁……”

这里给大家介绍一下这个游戏的基础理论。总的来说，这个游戏跟高等代数的一个分支——行列式的关系十分紧密，理论非常复杂，在此只介绍阿伦斯讲述的一些观点。

游戏的目的是，利用空位移动滑块，将任意排序的 15 个滑块按照数字大小的顺序重新排列：第一排从左往右依次是 1、2、3、4；第二排从左往右依次是 5、6、7、8 等，图 14-2 展示了滑块的正确排序。

1	2	3	4
5	6	7	8
9	10	11	12
13	14	15	

图 14-2

可以确定的是，15 个滑块杂乱无章地排列着，通过一系列移动，我们总能把滑块 1 移动到指定的位置。滑块 1 不动，可以把滑块 2 移动到指定位置。滑块 1、2 都不动，可以把滑块 3、4 移动到指定位置。

现在最上面一行的滑块 1、2、3、4 的位置已经调好，接下来的移动中就不再碰这四个滑块了。用同样的方法把第二行的滑块 5、6、7、8 移动到相应位置，显然这样的移动什么时候都能实现。接着，在两行的空间内，总能成功地把滑块 9、13 移动到指定位置，下面的移动中将不再动已经移动到正常位置的滑块 1、2、3、4、5、6、7、8、9 和 13。

此时还剩下滑块 10、11、12、14、15 没有归位，在仅有的 6 个方格空间内，总是可以成功地将滑块 10、11 和 12 移动到指定位置。此时剩下滑块 14 和 15，它们的排序要么正确要么错误，如图 14-3 所示，下面的论述将证明这一结论。

显然，不管初始的排列是什么样的，最后都会变成两种情况：要么变成图 14-3（1）所示的排列，要么变成图 14-3（2）所示的排列。

1	2	3	4
5	6	7	8
9	10	11	12
13	14	15	

（1）情况Ⅰ

1	2	3	4
5	6	7	8
9	10	11	12
13	15	14	

（2）情况Ⅱ

图 14-3

为了看起来更简单，假设那些最终能变成情况Ⅰ的排列为 S，显然情况Ⅰ的排序也能调整成排列 S。

这样的话，我们就能得到两个不同系列的排列，一个系列可以调整为情况Ⅰ，另外一个系列可以调整为情况Ⅱ。反之，情况Ⅰ还可以还原为该系列中的任何一种排列，情况Ⅱ也可以还原成本系列中的任何一种排列。因此，同一个系列中的两种任意排列，它们之间是可以互相转变的。

那么，情况Ⅰ的排序和情况Ⅱ的排列能否相互转换呢？通过试验（细节就不详细介绍了）可知，不管移动多少下，这两种排列都不可能相互转换。所以，滑块的众多排列可能性可以分成两个系列：①可以调整为情况Ⅰ的第一系列；②可以调整为情况Ⅱ的第二系列。

那么，怎么知道某种排列是第一系列的还是第二系列的呢？看下面的例子。

如图 14-4 所示，在第一行和第二行中，除滑块 9 外的滑块位置都是正确的，滑块 9 占据的应该是滑块 8 的位置，我们就称此处存在 1 个“无序”。接着看，我们发现滑块 14 比正常位置提前了 3 格，越过了滑块 11、12 和 13，此时这里就出现了 3 个“无序”。而滑块 12、13、11 的位置同样不对，由于将滑块 11 前移 2 格后即可达到正确排序（此时视滑块 14 已挪至正确位置，因其“无序”数量已统计），因此视滑块 11 存在 2 个“无序”。综上，该排列总共有 6 个“无序”。

1	2	3	4
5	6	7	9
8	10	14	12
13	11	15	

图 14-4

预先将右下角的位置空出来，可以用同样的方法计算出每种排列中“无序”的总数。如果“无序”的总数是偶数，就像前面举例中那样，那么就可以把这种排列调整为正确的排列。如果“无序”的总数是奇数，那么这个排列就属于无解的那个系列。而零个“无序”自然意味着排列是正确的。

当用数学揭示出这个游戏的真面目之后，就会觉得人们之前对游戏的狂热真是不可思议。毫无疑问，数学给这个游戏建立了严谨的理论体系。这个游戏的结果并不是偶然的，不取决于玩游戏的人的智商，而是完全取决于数学因素，数学早已预见到这个游戏的结果了。

现在，让我们看一下这个领域中的一些有答案的难题，它们都是发明者劳埃德本人想出的。

【题目】将图 14-3（2）中的排列调整为正确排列，但要空出盒子左上角的格子（如图 14-5）。

	1	2	3
4	5	6	7
8	9	10	11
12	13	14	15

图 14-5

【解答】由开始的排列形式经过 44 步的移动可以得到题目中所要求的滑块排列：

14 → 11 → 12 → 8 → 7 → 6 → 10 → 12 → 8 → 7 → 4 → 3 → 6 → 4 → 7 → 14 → 11 → 15 → 13 → 9 → 12 → 8 → 4 → 10 → 8 → 4 → 14 → 11 → 15 → 13 → 9 → 12 → 4 → 8 → 5 → 4 → 8 → 9 → 13 → 14 → 10 → 6 → 2 → 1

【题目】将图 14-6 所示盒子向左转 90°，然后将滑块排列调整为图 14-7 所示排列。

1	2	3	4
5	6	7	8
9	10	11	12
13	14	15	

图 14-6

	15	14	13
12	11	10	9
8	7	6	5
4	3	2	1

图 14-7

【解答】移动步骤如下：

14 → 15 → 10 → 6 → 7 → 11 → 15 → 10 → 13 → 9 → 5 → 1 → 2 → 3 → 4 → 8 → 12 → 15 → 10 → 13 → 9 → 5 → 1 → 2 → 3 → 4 → 8 → 12 → 15 → 14 → 13 → 9 → 5 → 1 → 2 → 3 → 4 → 8 → 12

2．“11 根火柴”游戏

【题目】这是一个双人游戏，在桌子上放 11 根火柴，两人轮流拿火柴，每轮可拿一根、两根或三根火柴，最后一根火柴被谁拿走，谁就输了。

请问，怎么玩这个游戏才能稳操胜券呢？

【解答】如果你是先拿的那个人，开始要拿 2 根，留下 9 根。不管第二个人再拿多少根，你第二轮拿取必须使桌子上留下 5 根火柴。这个很容易实现，不管怎么拿都能成功留下 5 根火柴。这样，不管对方再拿走多少根火柴，你最后再给他留 1 根，就赢了。

如果你不是第一个拿的人，想要取胜就看你的对手是否也知道这个取胜的秘诀了。

3.“32 根火柴”游戏

【题目】这个游戏需要两个人玩，在桌子上放 32 根火柴，两人轮流拿走火柴，每轮可以拿走 1 根、2 根、3 根或 4 根火柴，但是所拿火柴不能超过 4 根，最后一根火柴被谁拿走了，谁就赢了。

这个游戏的玩法很简单，它有趣的地方是只要计算好先拿几根火柴，先玩的那个人一定会赢。那你知道第一个玩的人要怎么赢得游戏吗？

【解答】尝试玩一次这个小游戏，你就能轻易发现获胜的秘密。显而易见，如果你在倒数第二轮后能给对方留下 5 根火柴，那么你就赢定了，因为对方最多也就拿 4 根火柴，一定会剩下火柴被你拿到。那么，需要解决的是你怎么才能做到给对方留下 5 根火柴呢？因此，你需要在这之前给对方留下 10 根火柴，这样的话，不管对方拿走几根火柴，至少都会给你留下 6 根火柴，而你总能给对方留下 5 根。那么，要想给对方留下 10 根火柴，你就要在这一轮之前剩下 15 根火柴。同理，更前面的一轮你应该在桌子上留下 20 根火柴，再之前你应该留下 25 根火柴，第一轮你应该留下 30 根火柴。因此，先拿的人应该拿走 2 根火柴。

综上所述，想稳赢这个游戏的秘诀就是：第一个拿火柴的人首先拿走 2 根火柴，然后不管对方拿走几根火柴，你下一轮都要给对方留下 25 根，接着为对方留下 20 根、15 根、10 根、5 根火柴，这样的话，最后一根火柴永远都是你的。

【题目】"32 根火柴"游戏可以变换一种形式，谁拿走最后一根火柴谁就输，这回要怎么玩才能赢呢？

【解答】现在是条件反过来了，也就是说，拿走最后一根火柴的人算输，那么你在完成倒数第二轮的时候应该留下 6 根火柴在桌子上。只有这样，不管对方拿走几根，剩下的火柴数都不会少于 2 根，也不会超过 5 根。也就是不管你怎么拿都能给对方留下 1 根火柴。因此，你就要在之前的轮次结束后给对方留下 11 根火柴，再之前的回合后应该留下 16 根火柴，依次往前推，可知此前每轮次可分别留下 21、26、31 根火柴。

所以，要保证自己先拿，且最开始就只拿 1 根火柴，接下来给对方分别留下 26、21、16、11、6 根火柴，这样最后 1 根火柴就一定是对方的了。

4."27 根火柴"游戏

【题目】这个游戏和前面的游戏相似，也是双人游戏，两人轮流拿不超过 4 根火柴，只是获胜的标准不一样，谁最后拿的火柴数是偶数谁就赢了。

仍然是先玩的人有优势，可以精确计算每一步，让自己稳操胜券。那么你知道这个游戏获胜的秘诀是什么吗？

【解答】找到这个游戏获胜的秘诀可比"32 根火柴"游戏难很多，需要分两种情况分析：

①如果你在倒数第二轮拿火柴时所有的火柴数是奇数的话，你就要给对方剩下 5 根火柴。下一轮对方只能给你剩下 4、3、2 或 1 根火柴。如果对方给你剩下 4 根，你拿 3 根就赢了；如果给你剩下 3 根，你拿走 3 根也会赢；如果给你剩下 2 根，你就拿 1 根还是能赢。

②如果你在倒数第二轮拿火柴时所有的火柴数是偶数的话，那么你应该给对方剩下 6 或 7 根火柴。我们可以预测游戏的进行：如果对方在下一轮拿火柴后给你剩下 6 根火柴，你拿 1 根后手里所有的火柴数就变成奇数，你可以淡定地给对方剩下 5 根，此时对方输定了。

如果对方给你剩下 5 根火柴，你拿走 4 根就赢了。如果给你剩下 4 根，你都拿走，也一定会赢。如果给你剩下 3 根，你拿走 2 根还是会赢。还有最后一种可能，对方只给你剩下 2 根火柴，你都拿走也会赢。而对方不可能给你剩下少于 2 根的火柴，所以你总会赢。

显而易见，这个游戏的取胜秘诀是：如果你现有的火柴数是奇数，每拿一轮后你给对方剩下的火柴数要比 6 的倍数少 1，也就是 5、11、17、23；如果你现有的火柴数是偶数，每拿一轮后你给对方剩下的火柴数应该是 6 的倍数或者比 6 的倍数大 1，也就是 6 或 7，12 或 13，18 或 19，24 或 25。所以在游戏开始时，你应该先从 27 根火柴中拿走 2 或 3 根，接下来就按照上面的说明拿就可以了。

只要对方不知道这个秘诀，你就赢定了。

5. 填数字游戏

【题目】这个游戏是两人轮流玩的，第一个人先在如图 14-8 所示的方格中的一个格子里写上 0 ～ 9 中的任意一个数字，第二个人接着选一个新格子，写上不同的数字。

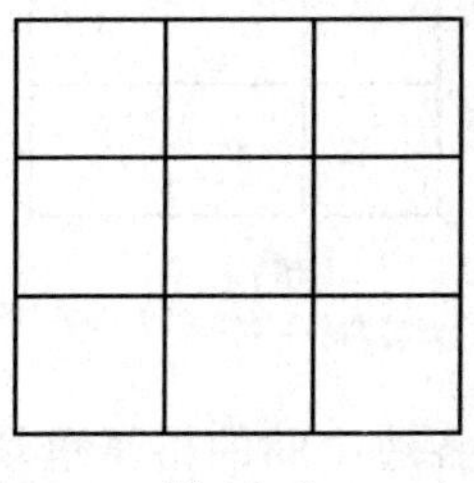

图 14-8

如果谁让某行、列或对角线上 3 个数字的和等于 15 或者是填上最后一个格子，谁就赢了。那么，你觉得这个游戏有必赢的方法吗？

【解答】想赢的话，要从数字 5 开始填，但是要填到哪个格子里呢？有三种可能性，下面分析一下。

①如图 14-9 所示，把 5 填在中间的格子里，此时不管对方在哪个格子中写数字，你都可以继续在这一行、列或对角线剩余的格子中填数字。

假设对方写下的数字是 x，要想赢，在该行、列或对角线剩余的格子里填上 $15-5-x$ 即可，也就是填上 $10-x$。

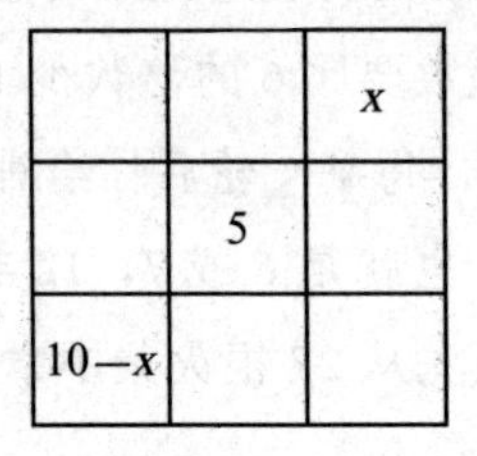

图 14-9

②如图 14-10 所示，在某个顶角的格子中填上 5（存在 4 种情况，此处以填在左上角为例），对方如不想立刻输掉游戏，则只能选格子 x 或者 y 填上数字。如果对方在 x 格中填上数字，你就要在 y 格中填上数字，而且使 $y = 10-x$；如果对方在 y 格中填数字，那么你就在 x 格中填数字，使 $x = 10-y$。此时，不管出现哪种情况，你都会赢。

5		
		x
	y	

图 14-10

③如图 14-11 所示，在各边中间的格子里填数字 5（存在 4 种情况，此处以填在左边中间的格子为例），此时对方可以选填 x，y，z，t 中任何一个格子。

如果对方在 x 格中填数字，你就写在 t 格里，让 $t = 10-x$。同理，如果对方选 y 格，你就选 z 格，让 $z = 10-y$；对方选 z 格，你就选 y 格，让 $y = 10-z$；如果对方选 t 格，你就选 x 格，让 $x = 10-t$。此时，所有情况下你都能赢。

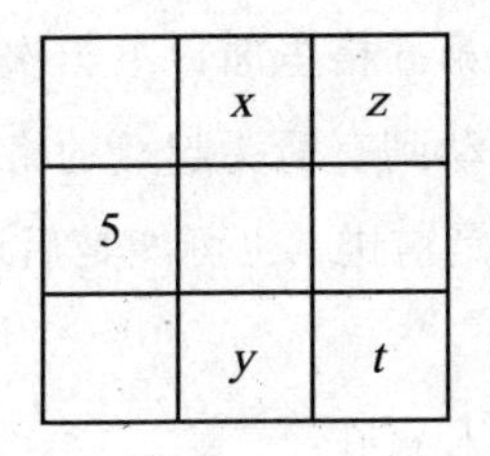

图 14-11

6. 格子中的旅行

这是个多人游戏，需要做下面的准备：

①厚纸板，尺寸要大；

②骰子（可用 1 厘米厚的木板制作）；

③参与游戏的每一个人要准备不同的标志物。

把厚纸板裁成正方形作为游戏板，在这个正方形上划出 10×10 个小方格，并且将数字 1 ～ 100 写在小方格中，如图 14-12 所示。

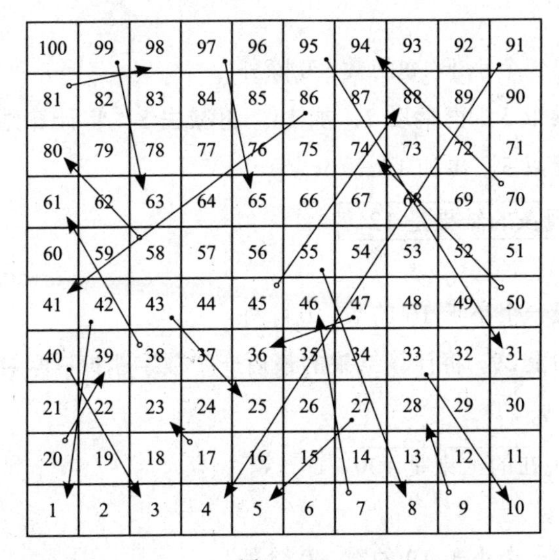

图 14-12

游戏规则如下：玩家拿走标志物后开始依次掷骰子，掷出 6 点的人可把自己的标志物放在游戏板上第 6 格里面，下一次掷出多少点，就把标志物往前移动多少格，如果正好移动到有箭头起点的格子里，标志物就要沿着箭头走到终端的格子里——可能是前进，也可能是后退。未掷出 6 点的人不移动，直到掷出 6 点。

先走到第 100 格的那个人获胜。

7. 猜数字游戏

【题目】请你想出一个自然数，然后按照下文的要求计算，我可以猜出你计算的结果。如果你算得的结果跟我猜的不一样，那你就需要检验一下自己的计算过程了，因为是你错了而不是我。

题①：请想一个小于 10 的数，0 除外。

用这个数乘以 3，再加 2，再乘以 3，再加上这个数，将所得结果的第一个数字删掉，再加 2，再除以 4，再加 19。

我猜：你现在的结果是 21。

题②：请想一个小于 10 的数，0 除外。

用这个数乘以 5，再乘以 2，加 14，再减去 8，将计算结果中的第一个数字删掉，再除以 3，再加 10。

我猜：你现在的结果是 12。

题③：请想一个小于 10 的数，0 除外。

用这个数加上 29，将计算结果的最后一个数字删掉，再乘以 10，再加 4，再乘以 3，再减去 2。

我猜：你现在的结果是 100。

题④：请想一个小于 10 的数，0 除外。

用这个数乘以 5，再乘以 2，再减去这个数，将所得结果的各个数字相加，再加 2，求平方，再减 10，再除以 3。

我猜：你现在的结果是 37。

题⑤：请想一个小于 10 的数，0 除外。

用这个数乘以 25，加 3，再乘以 4，将所得结果的第一个数字删掉，求剩下数的平方，再把所得结果的各个数字相加，再加 7。

我猜：你现在的结果是 16。

题⑥：请想一个两位数。

用所想的数加上 7，用 110 减所得的和，加 89，再加你想的数，再除以 12，减 9，再乘以 3。

我猜：你现在的结果是 21。

题⑦：请想一个小于 100 的数。

用这个数加上 12，用 130 减去所得的和，加 5，再加上所想的数，减去 120，再乘以 7，减 1，再除以 2，加 30。

我猜：你现在的结果是 40。

题⑧：请任意想一个数，0 除外。

用这个数乘以 2，加上 1，再乘以 5，除最后一个数外删掉所有的数字，用剩下的这个数乘以它自己，把积的各个数字相加。

我猜：你现在的结果是 7。

题⑨：请想一个小于 100 的数。

用这个数加上 20，用 170 减去所得的和，减 6，再加上所想的数，将所得和的各位上的数字相加，求和的平方，再减 1，再除以 2，再加 8。

我猜：你现在的结果是 48。

题⑩：请想一个三位数。

将这个数从左往右连续写两遍，变成一个六位数，除以 7，再除以所想的数，再除以 11，再乘以 2，将所得积的各位上的数字相加。

我猜：你现在的结果是 8。

【解答】假设题①中所想的数字是 a，先对 a 进行如下运算：$(3a+2)\times3+a=10a+6$。然后得到一个两位数，即 $10a+6$，a 是想定的数字，个位数是 6，再将十位上的数字删掉，即可得到 6。剩下的就很清楚了。

题②、题③、题⑤、题⑧都是这道题的变化形式而已。

题④、题⑥、题⑦、题⑨中，使用了别的方法去掉了所想定的数字。

例如题⑨，假设想定的数字是 b，初始的计算过程是：$170-(c+20)-6+a$，该式恒等于 144，剩下的就不用多说了。

题⑩的解答方法比较特殊，要求把一个三位数“从左往右连续写两遍”，也就是将这个数乘以 1 001，如 $356\times1\,001=356\,356$。而 $1\,001=7\times11\times13$，所以，假设所想的数是 c，那么初始的计算过程是 $c\times1001\div(7\times c\times11)\times2$，该式恒等于 26，下面的过程就简单了。

所以，这些题的关键是在运算过程中把所想的数字去掉，当你知道这个关键点后，也可以尝试自己构想出相似的题目。

8. 一起来猜谜

【题目】我和读者朋友们一起玩个游戏：你们现在心里想出一个数字，让我来猜。虽然你们可能是成千上万的人，可能距我千万里远，但这都没有关系，我仍然可以猜出你们心中所想的那个数字。

那么，我们开始吧！

你先任意想出一个数字，但是要注意，不要混淆“数字”和“数”——数字只有 0 ～ 9 共 10 个，但是数有无数个。现在你想好一个数字了吗？先用它乘以 5，千万别算错了哦，要不然我们最后什么都求不出来。

乘以 5 后把得到的积乘以 2，乘完了吗？好的。再加上 7，现在你把得到的这个数的十位上的数字去掉，只留个位上的数字。然后，再给剩下的这个数字加上4，再减去3，再加上9。

你都按照我的要求完成了吗？那么，我现在告诉你，你心里计算得到的数是17。

难道不是吗？再来一次吗？

来吧，想好一个数字。用这个数乘以3，再乘以3，再加上你所想的数字。算好了吗？再加上5，再把所得到的数的十位上的数字删掉，只留下个位上的数字。删掉后用剩下的数字加7，减3，再加6。现在我告诉你，你得到的结果是15。

我猜对了吗？如果没有猜对，那肯定是你某一步计算错了。

还想再玩一次吗？来吧！

先想好一个数字，用它乘以2，乘以2，再乘以2，加上你所想的数字，再加上你所想的数字，再加8，然后只留下所得结果中个位上的数字，用剩下的数字再减3，加7。

你现在得到的结果一定是12。

我可以准确无误地猜无数次，知道我是怎么做到的吗？

你先想想，书出版几个月前我就写下了这些内容，也就是说，这比你们想数字要早很长时间呢，可见我猜到的答案其实与你们想到的数字没有关系，可我究竟是怎么做到的呢？

【解答】想要知道我是怎么猜到的，首先要了解我对于你假定的数字做了什么运算（假定你所想的数字为x）。

第一个例子中，我首先将你想定的数字乘以5，再乘以2，也就是用那个数字乘以10，所有的数字乘以10后得到的积都是以0结尾的。我又让你加上7，现在我就知道你心里想的是一个两位数，虽然第一个数字我不知道，但是我知道第二个数字就是7。

我又让你把我不知道的第一个数字去掉了，那么你心里剩下的数字当然是7了。其实我现在就可以说出这个数字，但是我很狡猾，为了迷惑你，我又让你用7这个数字去加减不同的数字，但是这都无关紧要，直到最后我才告诉你结果是17。其实，不管你最开始想的数字是几，最后得到的一定是这个结果。

为了不让你过早地发现我这个方法的秘密，第二次我用了另外一种方法猜。我先让你把想定的数字翻了三倍，然后再翻三倍并加上想定的数字，即 $x\times3\times3+x$，也就是 $10x$。这样我就知道所得结果最后一个数字是0。接下来就可以按照套路进行了：加上一个数，去掉未知的十位上的数字，然后再对我已经知道的结果做几步运算当掩饰。

实际上，第三题也是换汤不换药。我先让你把想定的数字翻一倍，再把得到的结果翻一倍，再翻一倍，然后两次加上想定的数字，这之后的结果就是 $x\times2\times2\times2+x+x$，即 $10x$。接下来的还是老一套，过程你都知道了。无论你想定的数字是什么，这个结果都不会出错。

现在，你可以和没读过这本书的朋友玩这个数字游戏了，你还可以想出自己的猜谜方法。

9. 猜三位数

【题目】请你在心里先想好一个三位数，不要说出来，用这个数百位上的数字乘以2，个位、十位上的数字不变，用所得的积加5，然后再乘以5，再加上想定的数十位上的数字，用得到的和乘以10，再加上想定的数个位上的数字。现在，你告诉我得到的结果是多少，我能立刻猜出你开始在心里想的那个三位数。

例如，假设你在心里想到的三位数是387，然后做出一系列计算：

①用百位上的数字乘以2：$3\times2=6$；

②用所得的积再加5：$6+5=11$；

③用所得的和再乘以5：$11\times5=55$；

④用所得的积加上十位上的数字：$55+8=63$；

⑤用所得的和再乘以10：$63\times10=630$；

⑥用所得的积加个位上的数字：$630+7=637$。

最后我能根据你的这个计算结果637，猜出你最初想的那个三位数是387。你知道我是怎么猜出来的吗？

【解答】仔细看一遍每个数字都进行了哪些运算：用百位上的数字先

乘以 2，再乘以 5，继续乘以 10，也就是用百位上的数字乘以 100；用十位上的数字乘以 10；个位上的数字没有变；另外还用所得的三位数加上了 250。

如果将所得的结果减去 250，其差就是：百位上的数字 ×100 ＋十位上的数字 ×10 ＋个位上的数字。这其实这就是你想定的三位数。

现在你知道我是怎么猜出来的了吧，简单地说，就是把你告诉我的结果减去 250，得到的就是你想定的那个三位数。

10. 数字魔术

【题目】你想定一个数，接着用它加 1，乘以 3，再加 1，再加上想定的数，最后告诉我你的计算结果。

而我用这个结果减 4，再除以 4，就能得到你想定的那个数。

例如，你想定的是 12，用 12 做如下计算：

$$(12+1)\times 3+1+12=52$$

当你告诉我结果是 52 的时候，我用其先减去 4，然后再除以 4，得到 12，也就是你想定的数。

为什么我能成功猜出来呢？

【解答】如果你仔细观察过计算过程的话，就会发现，你给出的最后结果就是你想定的数字的 4 倍再加 4。那么，从结果中减去 4 再除以 4，当然就得到了你想定的那个数字了。

11. 猜生日

【题目】你可以和同学一起玩这个游戏，先让对方在纸上写出自己的生日，然后做下列变换：

①用日期数乘以 2；

②用所得积乘以 10；

③用所得积加上 73；

④用所得和乘以 5；

⑤用所得积加上月份数。

算出结果后让对方告诉你答案，你由此猜出他的生日是哪一天。

例如，你同学生日是 8 月 17 日，通过下列运算得到 2 073：

$$17\times2=34$$
$$34\times10=340$$
$$340+73=413$$
$$413\times5=2065$$
$$2065+8=2073$$

那么，怎样才能根据同学计算出的结果 2 073，猜出他的生日呢？

【解答】想猜出同学的生日日期，需要用最后的结果减去 365，得到的差中最后两位数字即月份数，前面的两位数字是日期数，如题目中的举例，2 073－365 ＝ 1 708，由此就可以知道同学的生日日期是 8 月 17 日。这是为什么呢？

假设月份是 K，日子是 N，以此按要求进行计算，可以得到 $(2K\times10+73)\times5+N=100K+N+365$。显然，用这结果减去 365，就能得到一个 K 的 100 倍与 N 的和。

12. 猜年龄

【题目】如果你能让对方按照下面的步骤做，就能准确猜出对方的年龄：

①任意写出两个数字，且使两数字之间的差大于 1；

②在它们中间任意加一个数字，得到一个三位数；

③将这个三位数反过来写，得到另外一个三位数；

④用较大的三位数减去较小的三位数，得到一个差；

⑤将差中的数字任意打乱后重新排列，得到一个新数；

⑥用这个新数与之前的差相加；

⑦加上自己的年龄。

等对方把这个计算结果告诉你，你就可以猜出对方的年龄了。

例如，对方 23 岁，按照要求运算如下：

①写下任意两个数字：2、5；

②在上述两数字间插入一个数字，形成一个三位数：275；

③将 275 反过来：572；

④用大数减去小数：572 － 275 ＝ 297；

⑤打乱 297 中的数字，排出一个新数：792；

⑥将 297 与 792 相加：297 ＋ 792 ＝ 1 089；

⑦用 1 089 加上年龄：1 089 ＋ 23 ＝ 1 112。

如果对方告诉你 1 112 这个数，你能根据这个数准确猜出对方的年龄吗？

【解答】多用几个例子进行计算，你就会发现，按照步骤①～⑥计算出的结果总是 1 089 这个数。所以，你只需要将对方告诉你的结果减去 1 089，就能得到对方的年龄了。

为了不暴露秘诀，可以将最后几步运算简单变化下，比如将 1 089 除以 9，再用商加上年龄等。

13. 猜家里几口人

【题目】请一位朋友按照下面的步骤做，你就能猜出他有几个兄弟姐妹：

①用兄弟人数加 3；

②乘以 5；

③加 20；

④乘以 2；

⑤加上姐妹人数；

⑥加 5。

让朋友把得到的结果告诉你，你就能猜出他有几个兄弟姐妹了。

假设你的朋友有兄弟 4 人，姐妹 7 人，按照之前的步骤计算如下：

①用兄弟人数加 3：4 ＋ 3 ＝ 7；

②用所得和乘以 5：$7\times5=35$；

③用所得积再加 20：$35+20=55$；

④用所得和再乘以 2：$55\times2=110$；

⑤用所得积加上姐妹人数：$110+7=117$；

⑥用所得和再加 5：$117+5=122$。

知道计算的结果是 122，就能算出他有几个兄弟姐妹，但是你知道这是怎么算出来的吗？

【解答】将得到的结果减去 75，你就能知道你朋友兄弟姐妹的人数。如题目中的例子：

$$122-75=47$$

其中十位上的数就是你朋友兄弟的人数，个位上的数就是你朋友姐妹的人数。

假设你朋友兄弟的人数是 a，你朋友姐妹的人数是 b，上述计算过程可以表示为：

$$[(a+3)\times5+20]\times2+b+5=10a+b+75$$

所以，用最后结果减去 75 的差一定是数字 a 和 b 组成的两位数。但是有一点要记住，只有在确定你朋友的姐妹人数没有超过 9 人的情况下，你才能这样去猜。

14. 猜电话本

【题目】这个神奇的魔术是这样完成的：先让你的朋友任意写下一个三位数，但要求每个数字都不同，比如他写的三位数是 648，再让他把这个三位数反过来写，得到一个新的三位数 846，接着让他用大的三位数减去小的三位数，也就是 $846-648=198$。把得到的差反过来写，即 891，再加上之前的差，得到 $891+198=1\,089$。

他在做上面一系列运算的时候，你完全不知道，所以他一定会认为你不可能知道计算结果。

这个时候你给他一个电话本，让他翻到页码和所得结果前三个数字一样的那一页，也就是第 108 页。你再让他从翻开的这一页，从上往下（或者从下往上）按照计算结果（即 1 089）的最后一位数字数至一位联系人，此时，你便可以直接说出该联系人的姓名和电话号码。

这肯定会让你的朋友大吃一惊！他只是随便写出了一个三位数而已啊，你居然能正确猜出联系人的姓名和电话号码。

那么，这个魔术的秘密是什么呢？

【解答】解开这个魔术的秘密很简单，因为你可以提前知道你朋友计算的结果：不管他任意写的三位数是什么，得到的结果都是 1 089，证明这个很简单，你自己来试试吧！所以你只需要提前记住电话本第 108 页第 9 个或倒数第 9 个联系人的姓名和电话号码就好了，很简单吧。

15. 神秘的骰子数

【题目】用硬纸片制作几个骰子（比如 4 个），在每一面上都标上数字，如图 14-13 所示摆放起来。你可以用这几个骰子给朋友们展示一个有趣的魔术。

你背过身去，让你的朋友随意把这 4 个骰子摆在一起，然后你转过来看一眼，随即就说出你看不到的骰子面上的数字之和。比如你看到图 14-13 中摞起的骰子，就马上要说出和是 23 以证明这道题很简单。

图 14-13

【解答】一眼就说出和的诀窍在于数字在骰子上的分布规律，也就是相对两个面上的数字之和都等于 7。因此摞在一起的 4 个骰子底面和顶面上的数字和是 $7\times4=28$。只要用 28 减去最顶面上的数字，就能准确无误地得到看不到的那 7 面的数字之和。

16. 魔术卡片

准备 7 张卡片，如图 14-14 所示。留一张空白卡片，然后分别在剩余的 6 张卡片上写好数字，并按照图中所示剪掉一些数字，空白卡片也要按照图中所示做处理。

往卡片上抄录数字的时候要认真，千万不要出错。写完后，把写好数字的 6 张卡片交给一位朋友，然后让他在心里选定一个数字，再把有他所选数字的那张卡片还给你。

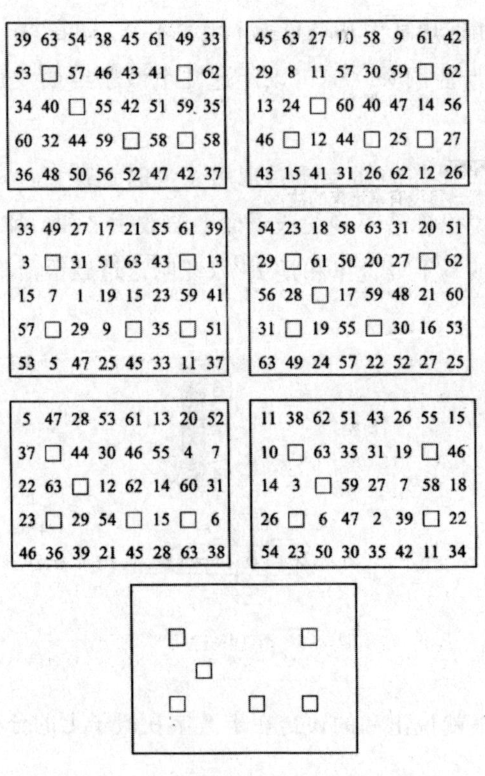

图 14-14

你拿到卡片后，把这些卡片认真地摞起来，然后将空白卡片放在最上面的位置，再把从空白卡片缺口处露出的数字相加，得到的和就是你朋友心中默选的那个数字。

你自己可能无法识破这个魔术，卡片上独特的数字组合是这个魔术的关键，但是这个组合比较难懂，在这里就不做详细介绍了。

17. 数字占卜

19 世纪的俄罗斯十分流行数字占卜，当然这也无从考证。这种占卜的潮流可以从屠格涅夫的一部小说中了解到，下面展示下这个数字占卜会导致的后果。

伊利亚・杰格列夫，因为数字上的巧合，他认为自己是“被埋没的拿破仑”，他自杀之后，人们在他的口袋里发现了一张写满运算的纸条，如下：

拿破仑的生日是 1769 年 8 月 15 日。

	1 769
	15
+	8（8 月）
总计	1 792

	1
	7
	9
+	2
总计	19

伊利亚・杰格列夫的生日是 1811 年 1 月 7 日。

	1 811
	7
+	1（1 月）
总计	1 819

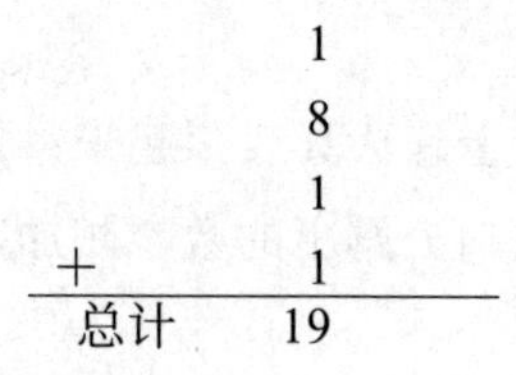

1
8
1
＋ 1
总计 19

拿破仑死于1825年5月5日。

1825
5
＋ 5（5月）
总计 1835

1
8
3
＋ 5
总计 17

伊利亚·杰格列夫死于1834年7月21日。

1834
21
＋ 7（7月）
总计 1862

1
8
6
＋ 2
总计 17

“一战”初期，欧洲也十分流行类似的数字占卜，人们希望通过这种数字占卜的方式预测战争结果。1916年，瑞士一家报社在报纸上刊登了一篇文章，预测了德国皇帝和奥匈帝国皇帝的命运：

	威廉二世	佛兰茨·约瑟夫
出生年份	1859	1830
登基年份	1888	1848
年龄	57	86
在位时间	＋ 28	＋ 68
	总计 3832	总计 3832

正如你看到的那样，算式最后的结果相同，而且这个结果正好是 1916 的 2 倍，他们由此预测这两位皇帝命中注定会死在 1916 年……

其实，只要把算式的各行位置调换一下，什么“神秘”都荡然无存了。各行位置如下：

出生年份
年龄
登基年份
在位时间

现在想一下，如果把一个人的年龄和他的出生年份加在一起，得出的和是哪一年？当然是这个计算发生时的年份，即现在的年份。同样，如果把在位时间和登基年份相加，得到的仍是当下的年份。到此就很好理解，为什么和两位皇帝有关的 4 个数字相加的和一样，都是 1916 的 2 倍，而不会出现别的结果。

我们也可以利用上面的原理做一些有趣的数字魔术。先找一个不知道这个秘密的朋友，让他背着你在纸上写出下面 4 组数并相加：

出生年份＋工作年份＋年龄＋工龄

虽然其中任何一个数你都不知道，但是你仍然能轻易地猜出结果，就是你表演这个魔术当下年份的 2 倍。

如果你反复表演这个魔术，就很容易暴露秘密，所以为了迷惑别人，除了这 4 组数，可以再加几个其他你已经知道的数。想要表演得更好，最好每次加的数都不一样，这样别人也很难猜出这个魔术的奥秘所在。

趣味小知识：

屠格涅夫是 19 世纪俄国批判现实主义作家，主要作品有长篇小说《罗亭》《贵族之家》《前夜》《父与子》《处女地》，中篇小说《阿霞》《初恋》等。

第 15 章 趣味几何

1. 车轴中的几何谜题

【题目】为什么大车的前轴比后轴更容易磨损呢？

【解答】第一眼看上去，题目似乎与几何无关。但是，几何的精髓也正在于此，几何的本质往往就隐藏在看似与其无关的细节中。毋庸置疑，这道题实际就是个几何问题，不用几何学知识就没办法解答。

那么，到底为什么大车的前轴比后轴更容易磨损呢？大家都知道，后轮比前轮大，行驶同等距离，大圆比小圆转的圈数要少，因为小圆的圆周小，因此路程相同时就要转更多圈。现在我们明白了，大车的前轮小，运行时前轮转的圈数更多，所以前轴就更容易磨损了。

2. 图中画的是什么

【题目】特殊角度下，图 15-1 中的物品看起来有点奇怪，很难猜到它们是什么，但它们确实是我们日常生活中常见的物品。请仔细想一想，图中画的是什么？

【解答】图中画的是特殊角度下的剃须刀、剪刀、叉子、怀表、勺子。通常我们观察物体时，习惯看它垂直于光线的平面投影。但是图中所展示的并不是我们所熟悉的投影，所以这些常见的物品看起来变得很陌生。

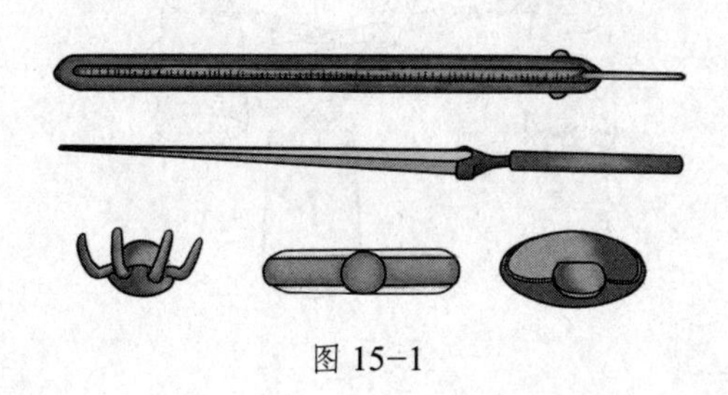

图 15-1

3. 杯子桥

【题目】如图 15-2 所示，桌子上摆放着 3 只杯子，它们彼此之间的距离比放在它们中间的刀的长度要长。要求用 3 把刀搭成小桥，把所有杯子连在一起，且不能移动杯子，也不能使用杯子和刀之外的物品，你能做到吗？

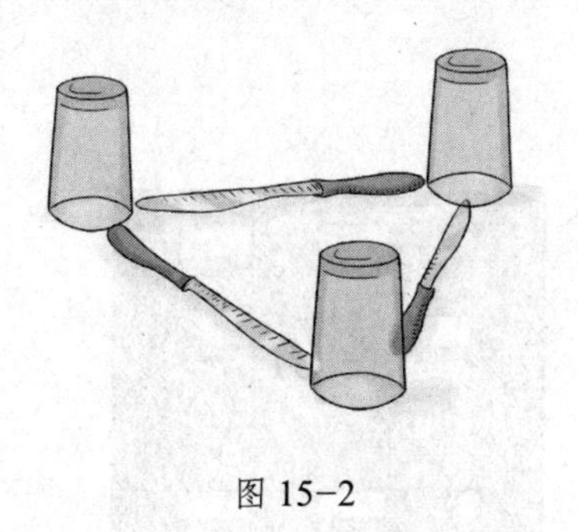

图 15-2

【解答】完全可以做到，如图 15-3 那样摆放：先将杯子倒扣在桌子上，再把每把刀的一端搭在杯底上，另一端搭在另一把刀上，刀之间互相支撑就可以了。

图 15-3

4.1 个塞子堵 3 个孔

【题目】如图 15-4 所示，木板上挖了 6 排孔洞，每排 3 个，需要用某种材料为每一排各削出一个塞子，并使其能将相应排的 3 个孔都堵上。

第一排的塞子比较容易做，用图中的长木块就可以，剩下 5 排的塞子会比较难做。但是，根据投影知识，每个与技术图纸打过交道的人都应该能把剩下的塞子制造出来。

图 15-4

【解答】制造方法如图 15-5 所示。

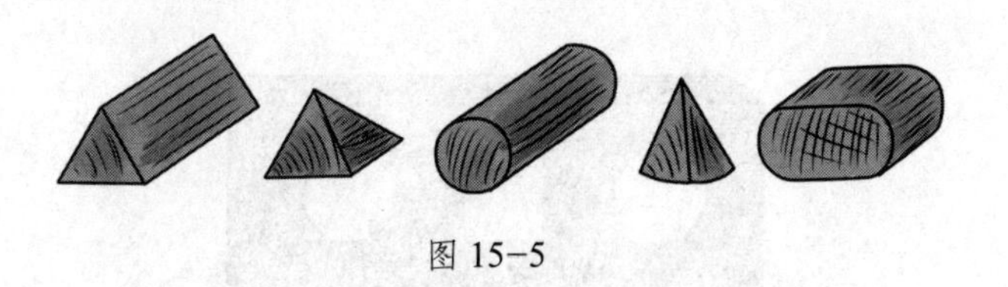

图 15-5

5. 找到合适的塞子

【题目】图 15-6 中的小木板上有 3 个孔，分别为正方形孔、三角形孔、圆形孔。存在一个能堵住所有孔的塞子吗？

图 15-6

【解答】一个堵住所有孔的塞子是存在的。如图 15-7 所展示的那样，这个塞子确实能堵上正方形、三角形、圆形的孔。

图 15-7

【题目】如果你已经解决了上一个塞子的问题，那么你也一定可以做出能堵上图 15-8 中所有孔的塞子。

图 15-8

【解答】图 15-9 所示的塞子就能堵上圆形、正方形和十字形的孔。

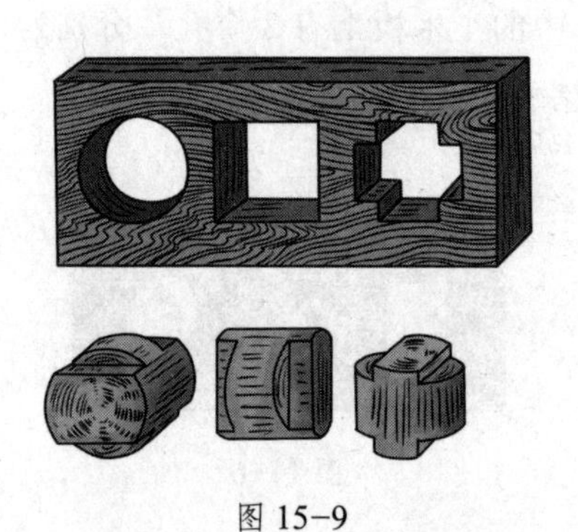

图 15-9

【题目】如图 15-10 所示，存在能堵住三角形、正方形、T 形孔的塞子吗？

图 15-10

【解答】存在这样的塞子，如图 15-11 所示。

这些题目是绘图员经常遇到的问题，绘图员会根据某个机器零件的 3 个投影来确定它的形状。

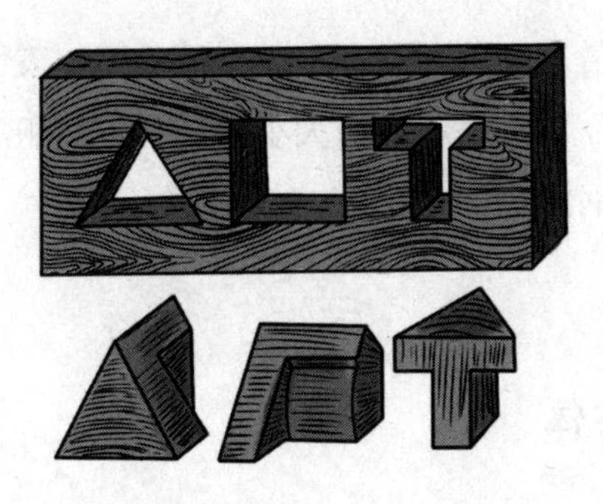

图 15-11

6. 找到容量更大的杯子

【题目】如图 15-12 所示，第一个杯子的高是第二个杯子的 2 倍，第二个杯子的宽是第一个杯子的 1.5 倍，你知道哪个杯子的容量更大吗？

图 15-12

【解答】第二个杯子，即矮的杯子的容量更大。想一想圆柱体体积的计算方法就明白了。

7. 锅的质量

【题目】有两口铜锅，形状相同，锅壁厚度也一样，但是第一口锅的容量是第二口锅的 8 倍，那么第一口锅比第二口锅重几倍？

【解答】如果大锅比小锅的容量大 7 倍，那么大锅在高和宽两个方向上的尺寸就比小锅大 1 倍。既然高和宽都大 1 倍，那么表面积就应该大 3 倍。在锅壁厚度相同的条件下，锅质量的大小取决于表面积的大小。因此，可以得出答案：大锅比小锅重 3 倍。

8. 天平两端的正方体

【题目】如图 15-13 所示的 4 个实心的正方体，是用同一种材质制作出来的，高度分别是 6 厘米、8 厘米、10 厘米和 12 厘米。要把它们放在天平上并且让天平保持平衡，天平的两端应分别放哪几个正方体呢？

【解答】一个托盘上放 3 个小的正方体，另外一个托盘上放最大的正方体。不难得出，两端重量相同才能保持天平平衡，因此只需要证明 3 个小正方体的质量等于最大的那个正方体的质量。而这可以从下面的等式中得出：

$$6^3 + 8^3 + 10^3 = 12^3$$

即：

$$216 + 512 + 1\,000 = 1\,728$$

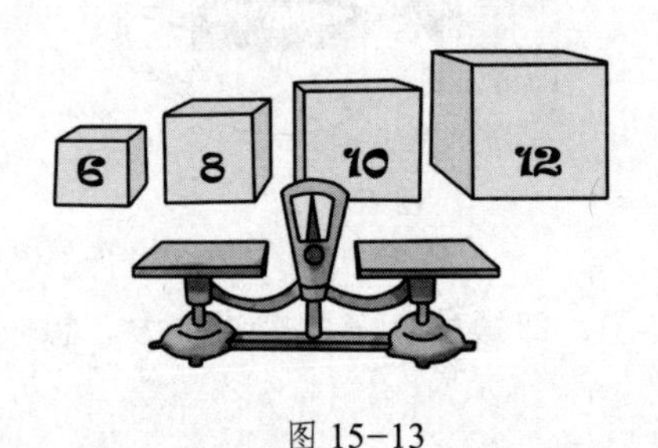

图 15-13

9. 怎么装半桶水？

【题目】往一个开口的大桶中注水，看起来好像装到了一半，但是你需要确定桶里的水是否正好装到了一半，而不是多一些或者少一些。你手边既没有小棍也没有任何可以测量的仪器。

那么，你用什么办法来确定桶里的水正好装到了一半呢？

【解答】有一个最简单的方法：把大桶倾斜，让水到达桶口的边缘，如图 15-14。如果这样还能看见桶底，说明水还没有装到桶的一半；如果桶底比水面低，说明水超过一半了；如果桶底的上沿正好在水面上，说明水装到了一半。

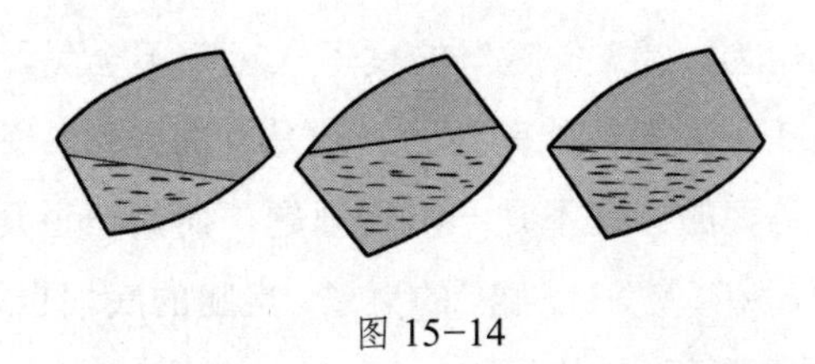

图 15-14

10. 哪个盒子更重?

【题目】两个一样的正方形盒子，如图 15-15 所示。左边盒子里放着一个大铁球，直径与盒子的高度相同；右边的盒子里装满了小铁球（大小铁球除大小有区别，其余方面均一致）。

请问，哪一个盒子更重呢？

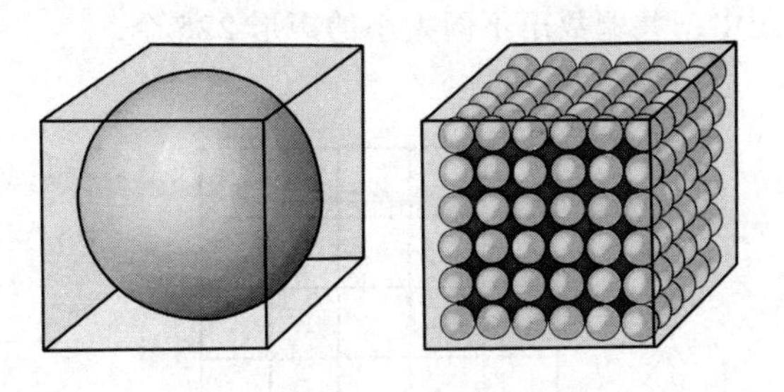

图 15-15

【解答】图中右边的正方形盒子可以被看作是由小立方体组成的，每个小立方体中都放有小球。不难看出，大球在正方形盒子中所占空间的比重与每个小球在小立方体中所占的比重相同。

由此可知，众多小球占正方形盒子空间的比重与大球占正方形盒子空间的比重相同，也就是说，两个盒子的质量也相同。

11.“3条腿”的桌子

【题目】有人认为，“3条腿”的桌子永远都不会晃，即使这3条桌腿都不一样长（假设3条桌腿都能落地）。这是真的吗？

【解答】确实是真的。这不是一道物理题，而是一道几何题，因为三点只能确定一个平面，就算是“3条腿”的桌子，桌腿的底端也是要触到地面的，这就是“3条腿”的桌子不晃的原因。

正因如此，土地测量仪、相机都采用了三脚支架的设计。

12.数数有多少个矩形

【题目】在图15-16中，你能数出有多少个矩形吗？

你先不要着急数，而是要注意问题的细节——要求数出所有矩形的数量，而不是正方形的数量。

【解答】图中一共能数出不同大小的矩形225个。

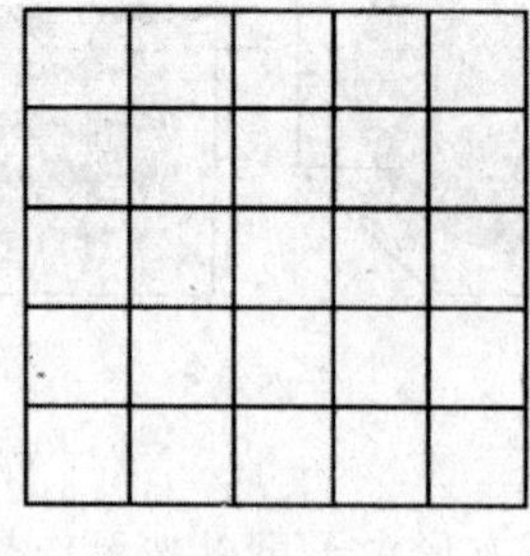

图15-16

13. 国际象棋棋盘

【题目】你可以在国际象棋的棋盘上数出多少个不同的正方形？

【解答】国际象棋的棋盘上画着不止 64 个正方形，而是更多。除了第一眼看到的黑白小方块之外，还有分别由 4、9、16、25、36、49 和 64 个单个小正方形组成的黑白相间的正方形。总之，需要进行如下计算：

（1）数出最小的正方形数量：64

（2）数出由 4 个小正方形组成的正方形数量：49

（3）数出由 9 个小正方形组成的正方形数量：36

（4）数出由 16 个小正方形组成的正方形数量：25

（5）数出由 25 个小正方形组成的正方形数量：16

（6）数出由 36 个小正方形组成的正方形数量：9

（7）数出由 49 个小正方形组成的正方形数量：4

（8）数出由 64 个小正方形组成的正方形数量：1

计算总数：

$$64+49+36+25+16+9+4+1=204$$

由此得出，国际象棋的棋盘上有 204 个大小各异且分布不同的正方形。

14. 玩具砖有多重

【题目】建筑用的砖重 4 千克，用同种材料制成长、宽、高分别是建筑用砖$\frac{1}{4}$的玩具砖有多重？

【解答】如果你马上说玩具砖的质量是建筑用砖的$\frac{1}{4}$，也就是重 1 千克，那就错得离谱了。玩具砖的长、宽、高都是建筑用砖的$\frac{1}{4}$，那么其体积就是建筑用砖的$\frac{1}{4}\times\frac{1}{4}\times\frac{1}{4}=\frac{1}{64}$。所以，玩具砖的质量应该是$4\times\frac{1}{64}=\frac{1}{16}$千克。

15. 环绕赤道

【题目】如果可以，我们沿着赤道走一圈，头顶经过的距离比脚走过的距离要长。请问，二者相差多少？

【解答】如果一个人的身高是 175 厘米，地球的半径为 R 厘米，可以知道题目所求距离为：

$$2\times\pi\times(R+175)-2\times\pi\times R=2\times\pi\times175\approx1100\text{ 厘米}$$

是不是很惊讶，解答这道题并不需要知道地球的半径。其实不管你是在地球上还是在其他行星上，结果都没有区别。

16. 透过放大镜看角

【题目】如图 15-17 所示，透过 4 倍的放大镜观察一个 1.5° 的角，这时角的度数是多少？

图 15-17

【解答】如果你的答案是 6° ，那么就大错特错了。因为透过放大镜看时，角的大小是完全没有变化的。虽然角对应的弧长透过放大镜时确实是变大了，但同时弧的半径也扩大了相同的倍数，所以这个角的大小是不变的，如图 15-18 所示。

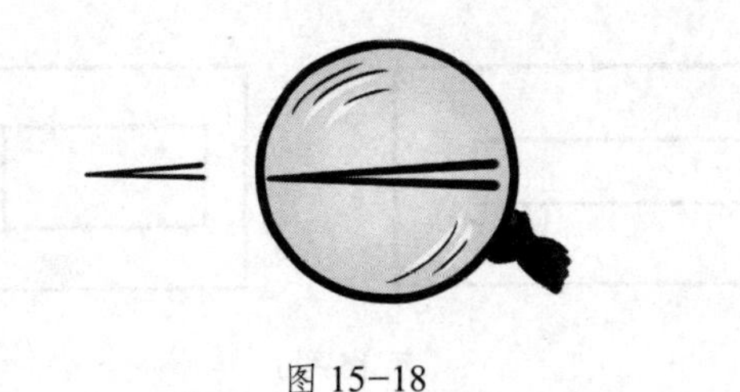

图 15-18

17. 相似形

【题目】这道题是为那些了解什么是几何相似的人准备的，请回答下面的问题：

如图 15-19 所示，外面的三角形和里面的三角形相似吗？画框外面的四边形和里面的四边形相似吗？

图 15-19

【解答】很多人都会给出肯定答案，但其实只有三角形相似，画框中里外两个四边形并不相似。

判定三角形是否相似只需要看三个角是否相等就可以了，或者观察内外两个三角形的三边是否平行。但是对于普通的多边形来说，只有角相等或者只有边平行是不够的，还需要多边形的边成相同的比。而画框内外的四边形并不满足这个条件。

如图 15-20 所示，无论是左图还是右图，外部长方形边的比例与内部长方形边的比例均不一致，所以上述图形均不成相似关系。

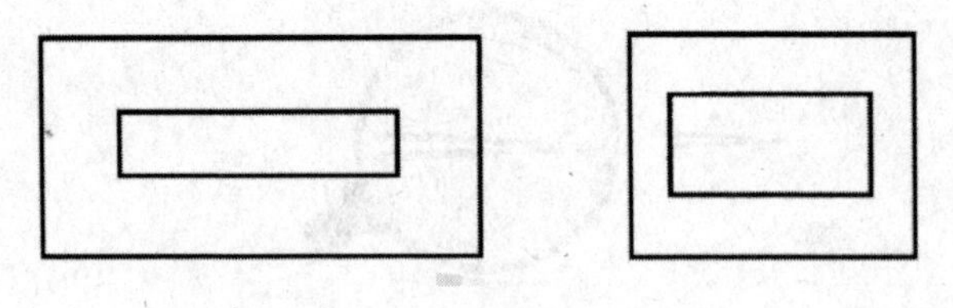

图 15-20

18. 塔的高度

【题目】假如我们的城市里有一座塔是名胜古迹，但是你并不知道它的高度，而你只有一张印着塔照片的明信片。你从这张明信片上能知道塔的高度吗？

【解答】通过明信片上的照片可以估算出塔的实际高度。

首先，需要尽可能准确地量出照片上塔的高度和底座长度。假设经过测量，照片上塔的高度是 95 毫米，底座长 19 毫米。然后，再去测量底座的实际长度，假设其为 14 米。最后，你要这样思考，塔的照片与实际的轮廓呈几何相似。因此，照片上塔的高度与底座长度的比，就是现实中塔高与底座长的比。从之前测量的数据中可以得到这个比例是 95∶19，即 5∶1。所以可以得到，塔高是底座长的 5 倍，实际的塔高约为 $14\times5=70$ 米。

但是，不是所有的照片都可以用来估算塔高，只有那些比例不失真的照片才可以。

19. 苍蝇的爬行路线

【题目】一滴蜂蜜滴落在一个圆柱形玻璃罐子内壁上，滴落点距罐子上沿 3 厘米（假设蜂蜜不再滑落），一只苍蝇趴在罐子外面蜂蜜正对面的点上，如图 15-21 所示。这个罐子高 20 厘米，直径 10 厘米，请给苍蝇指出一条能爬到蜂蜜的最近的路线。

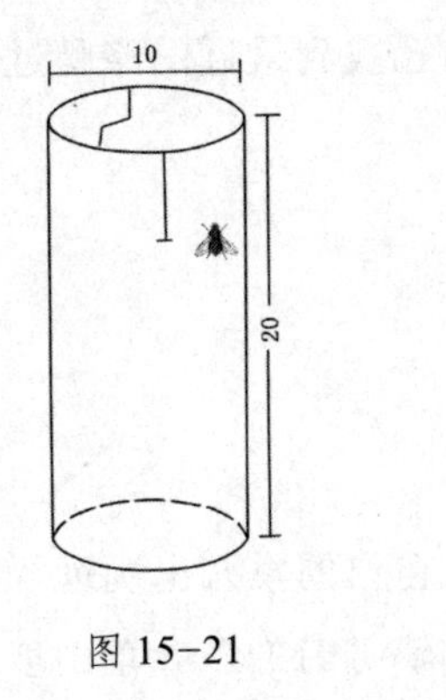

图 15-21

【解答】为了方便解题，我们将一个尺寸与罐子一致的圆柱形纸筒的侧面展开，得到一个矩形平面，如图 15-22（1）所示，矩形高 20 厘米，底边正好是罐子的周长，即 10π，约 31.5 厘米。

我们在这个矩形图上找到苍蝇和蜂蜜的位置：苍蝇在距离底边 17 厘米的 A 点，蜂蜜在与 A 点高度相同的 B 点，距离 A 点有半个圆周的距离，即约 15.75 厘米。

现在通过下面的方法来确定，苍蝇应当从罐子边缘上的哪一点爬过去。

如图 15-22（2）所示，从 B 点画一条垂直于矩形上边缘的直线，与上边缘相交后继续延伸，再画出相等的距离得到 C 点。用直线连接 A 点和 C 点，所得到的 D 点即苍蝇爬到罐子另一侧应该经过的点，路线 ADB 就是最短的路线。

在展开的矩形上画出最短路线，然后将矩形还原为圆柱形，就能看到苍蝇最快到达那滴蜂蜜的爬行轨迹了（如图 15-22（3）所示）。

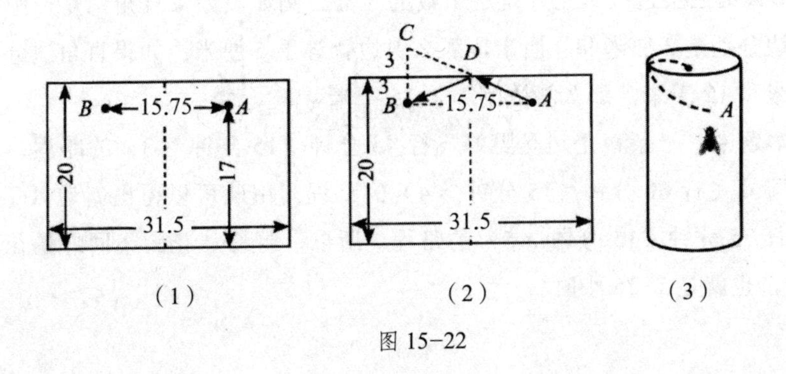

图 15-22

当然，别指望苍蝇自己找到最近的路爬过去，除非它掌握了几何知识，但这对苍蝇来说太难了。

20. 野蜂的旅行

【题目】一只野蜂从自己的巢穴出发远行，一路向南飞，飞过小河，飞了一个小时后开始沿着布满芬芳的三叶草山坡下落。野蜂在这里从一朵花上飞到另外一朵花上，停留了 0.5 小时。

现在，野蜂想去昨天发现的山坡的西面醋栗花园，它急急忙忙往花园飞，过了 0.75 小时，野蜂飞到了花园。此时醋栗花开得正盛，想要采遍花丛需要 1.5 小时。然后，野蜂要马不停蹄地沿着最近的路飞回蜂巢。

假设野蜂的飞行速度始终不变，请问野蜂在外面待了多长时间？

【解答】如果能知道野蜂从醋栗花园飞回蜂巢所花费的时间，那么这道题就很容易解答了。虽然题目中并没有给出这个时间，但是我们可以通过几何来算出这个时间。

先画出野蜂的飞行路线，如图 15-23（1）所示。

从题目中得知，野蜂先一路向南飞了 60 分钟，然后向西飞了 45 分钟，再沿着“最近的路”，即沿直线飞回巢，这样就得到了一个直角三角形 ABC，如图 15-23（2）所示。其中已知 AB 和 BC 的距离，求出斜边 AC 就可以了。

在几何学中，如果一条直角边长是一个数的 3 倍，另一条是同一个数的 4 倍，那么第三条边应该正好是这个数的 5 倍。例如，如果直角三角形中两条直角边分别是 3 厘米和 4 厘米，那么斜边就等于 5 厘米；如果直角边分别是 9 千米和 12 千米，那么斜边就等于 15 千米。

在本题中，一条直角边是野蜂飞行 45 分钟（15 分钟 ×3）的路程；另一边是野蜂飞行 60 分钟（15 分钟 ×4）的路程，由此可以得出斜边 AC 是野蜂飞行 75 分钟（15 分钟 ×5）的路程。所以，野蜂从花园飞回蜂巢花了 75 分钟，也就是 1.25 小时。

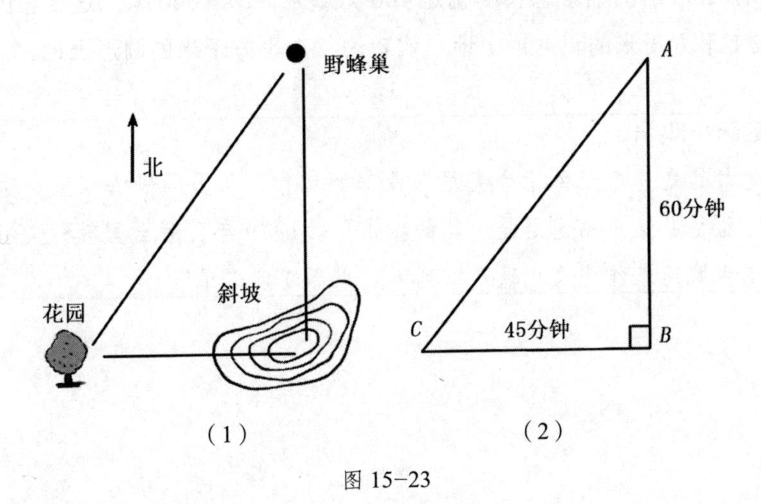

图 15-23

现在就比较容易算出野蜂离开蜂巢飞了多长时间：

1 小时＋0.75 小时＋1.25 小时＝3 小时

它停留的时间是：

0.5 小时＋1.5 小时＝2 小时

总共的时间是：

3 小时＋2 小时＝5 小时

21. 迦太基城地基

【题目】有一个关于古城迦太基的传说。基尔王有一个女儿叫迪多娜，她的丈夫被她的哥哥杀害了，她和许多基尔人一起逃到了非洲，在非洲北岸登陆。在这里，她要向努米底亚王买一块“牛皮大小”的土地。交易完成后，她把牛皮裁成了小细条，然后用它们围成一片足够建造要塞的土地。这就是传说中的迦太基要塞。

如果牛皮的表面积是 4 平方米，迪多娜裁出的小细条每根宽 1 毫米，请根据这个传说计算出要塞的面积。

【解答】牛皮的面积是 4 平方米，也就是 400 万平方毫米，牛皮条宽 1

毫米，那么裁出的细条总长度就是400万毫米，即4 000米。这么长的细条能围成1平方千米的正方形土地，或者约1.3平方千米的圆形土地。

趣味小知识：

迦太基是一个坐落于今突尼斯北部的城市，与罗马隔海相望。迦太基一词在腓尼基语中的意思是“新的城市”。1979年，联合国教科文组织将迦太基古城遗址作为文化遗产，列入“世界遗产名录”。